U0075495

暮らしの中の
外国語
シリーズ 5

生活
西村政人
山内啓介
李　麗秋
著
場面
事典
SANSHUSHA
［中国語・台湾編］

日語生活場面手事

日本三修社授權
鴻儒堂出版社發行

はじめに

　この本は、日常生活に必要な日本語を学習してもらうために作りました。

　なおこの本は、豊橋技術科学大学の学内プロジェクトの研究費を使って出版した『日常生活会話集』（１９９２年３月）に手を加えたものです。

１９９３（平成５）年５月

にしむら　まさひと
西村　政人

やまうち　けいすけ
山内　啓介

序言

　　此書是爲了讓大家學習日常生活中所需要的日語而寫
的。

　　又，這本書是根據豐橋技術科學大學使用校內補助研
究費出版的“日常生活會話集”（一九九二年三月）編纂
而成的。

1993（平成５）年５月

西村　政人

山内　啓介

本書の使い方

(1)本書では日常生活のあらゆる場面にすぐに役立つように
表記を工夫しました。日本人は、中国語を学び、中国人
は日本語を学ぶことができます。中国語には、カタカナ
ルビを併記してあります。

(2)会話文で使われている漢字にはすべて読み仮名がついて
いますので、日常よく使われる漢字を覚えることができ
ます。

(3)必要な会話をすぐ探せるように、便利な場面別会話イン
デックスがついています。母国語の会話インデックスか
ら必要な表現を探し、その文の頭にある参照番号によっ
て、すぐにその表現が使われている本文のページを開く
ことができます。

(4)各課の会話文のあとには背景知識があります。ここでは、
日本の習慣や生活に役立つ情報を知ることができます。

(5)会話文をさらに応用できるように各場面別に生活関連用
語を掲載しました。

(6)巻末には日中生活用語集がついています。あいうえお順
に配列してあります。

＊各章末の関連語と巻末の生活用語集は、三修社が独自に編集作成しました。

本書的使用法

(1)本書爲了能即刻應用在日常生活諸種場面，構想了標記法。既能讓日本人學習中文，也能讓台灣人學習日語。中文方面加注了片假名。

(2)會話文中出現的漢字全部附注假名，能夠方便記住日常常用漢字。

(3)爲了能立刻找出急需的會話，附有方便的場面分類索引。從母語的會話索引找出所需的表現文句，根據文章開頭的參考號碼，可以馬上翻出使用那個表現句的本文頁數。

(4)會話文後面有生活知識，由此可以得知益於日本的習慣及生活的情報。

(5)爲了能進一步活用會話，在各場面同時有生活用相關語。

(6)日語方面是依照假名的順序排列。
卷尾附有字彙表。

もくじ

はじめに　　　3

本書の使い方　　　5

会話インデックス　　　12

1. あいさつ（I）近所へのあいさつ　　　26
　　関連語　あいさつ・人・職場　　　33

2. あいさつ（II）日常のあいさつ　　　34
　　関連語　あいさつ・気候・食品　　　42

3. 会社の寮にはいる　　　44
　　関連語　住居・家具・日用品　　　51

4. 会社で　　　52
　　関連語　会社　　　57

5. 町内会にはいる　　　58
　　関連語　町内会　　　63

6. 市役所・区役所で（I）外国人登録　　　64

7. 市役所・区役所で（II）登録証明書の変更　　　78

8. 市役所・区役所で（III）市民課の窓口で　　　86

9. 学校の手続き（I）幼稚園　　　94

10. 学校の手続き（II）小学校　　　98
　　関連語　学校・文房具　　　104

11. 交番で　　　106
　　関連語　交番・色　　　111

12. 郵便局の道をたずねる　　　112
　　関連語　位置・方向・交通標識・場所　　　117

13. バスに乗る　　　118

14. 電車に乗る　*122*
　　関連語　バス・電車　*129*
15. 郵便局で（Ⅰ）手紙を出す　*130*
16. 郵便局で（Ⅱ）小包を送る　*132*
　　関連語　郵便局　*137*
17. 銀行で　*138*
　　関連語　銀行　*143*
18. コインランドリーの使い方　*144*
　　関連語　日用品・材質・衣類　*149*
19. 銭湯で　*150*
　　関連語　日用品　*155*
20. ファミリーレストランで　*156*
　　関連語　レストラン・味　*161*
21. 床屋で　*162*
　　関連語　床屋　*167*
22. 美容院で　*168*
23. 薬局で　*175*
　　関連語　薬局　*179*
24. 病院で（Ⅰ）歯医者　*180*
　　関連語　歯医者　*185*
25. 病院で（Ⅱ）個人病院［小児科］　*186*
　　関連語　病院　*193*
26. 救急車を呼ぶ　*196*
　　関連語　事故・時・数字　*199*
日中生活用語集　*205*

目錄

前言　　*3*

本書的使用法　　*5*

會話索引　　*12*

1. 打招呼（I）跟近鄰打招呼　　*26*

　　相關語　打招呼・人・工作處　　*33*

2. 打招呼（II）日常問候　　*34*

　　相關語　打招呼・氣候・食品　　*42*

3. 搬進公司宿舍　　*44*

　　相關語　住所・家具・日用品　　*51*

4. 在公司　　*52*

　　相關語　公司　　*57*

5. 加入里民會　　*58*

　　相關語　里民會　　*63*

6. 在市公所・區公所（I）外國人登記　　*64*

7. 在市公所・區公所（II）更換登記證　　*78*

8. 在市公所・區公所（III）在市民課的窗口　　*86*

9. 學校的手續（I）幼稚園　　*94*

10. 學校的手續（II）小學　　*98*

　　相關語　學校・文具　　*104*

11. 在派出所　　*106*

　　相關語　派出所・顏色　　*111*

12. 詢問郵局的路　　*112*

　　相關語　位置・方向・交通標誌・場所　　*117*

13. 搭乘公車　　*118*

14. 搭乘電車　*122*

　　　相關語　巴士·電車　　*129*

15. 在郵局（Ⅰ）寄信　*130*

16. 在郵局（Ⅱ）寄包裹　*132*

　　　相關語　郵局　*137*

17. 在銀行　*138*

　　　相關語　銀行　*143*

18. 自助洗衣機的使用法　*144*

　　　相關語　日用品·材料的性質·衣物　*149*

19. 在大衆澡堂　*150*

　　　相關語　日用品　*155*

20. 在餐廳　*156*

　　　相關語　餐廳·味道　*161*

21. 在理髮店　*162*

　　　相關語　理髮店·美容院　*167*

22. 在美容院　*168*

23. 在藥店　*175*

　　　相關語　藥局　*179*

24. 在醫院（Ⅰ）牙醫　*180*

　　　相關語　牙醫　*185*

25. 在醫院（Ⅱ）私人醫院（小兒科）相關語　醫院　　*186*

26. 叫救護車　*196*

　　　相關語　車禍·時候·時間·數目字　*199*

　　生活語彙　*205*

会話インデックス

1．あいさつ（Ⅰ）

近所へのあいさつ

1-1 ごめんください。

1-2 はい、どちらさまですか。

1-3 となりにこしてきました陳志昌といいます。
引越しのあいさつにきました。

1-4 こんにちは。

1-5 わたしたち台湾から来ました。
山川工業で働いています。
妻の林美蓮、長男の陳修文、次男の陳修明です。

1-6 どうぞよろしくお願いします。
こちらこそよろしく。
なにかわからないことがあったら、言ってください。

1-7 ありがとうございます。

2．あいさつ（Ⅱ）

日常のあいさつ

（A）

2-1 こんにちは。

2-2 気持の良い季節になりましたね。

2-3 そうですね。初夏のさわやかさです。
1年中で、日本ではこの季節が一番さわやかですよ。
ご家族でおでかけですか。

2-4 ええ、ちょっと。

2-5 じゃ、いってらっしゃい。

2-6 行ってまいります。

（B）

2-7 こんにちは。

2-8 こんにちは。ご機嫌、いかが。

2-9 はい、お陰様で、元気です。

2-10 どちらまで。

2-11 ちょっと、そこまで。

2-12 お気を付けて。

2-13 ありがとうございます。

2-14 ごめんください。

2-15 さようなら。

（C）

2-16 こんばんは。

2-17 こんばんは。お買い物のお帰りですか。

2-18 はい、ちょっと、そこまで。

2-19 夕食の支度ですね。
お店に欲しいものがありましたか。

2-20 ええ、いろいろと。

2-21 お肉が高いでしょう。

2-22 はい、まあ。
それでは、失礼します。

2-23 そう、そうね、わたしも急いで、夕御飯の支度をしなくちゃ。
さようなら。

3．会社の寮に入る

3-1 ご紹介します。
こちらは、会社の寮の、管理人の鈴木さんです。

3-2 鈴木と申します。
ようこそ、いらっしゃいました。

3-3 この方は、陳志昌さんです。この方は、陳志昌さんの奥さん、林美蓮さんです。
それから、陳修文君に、陳修明君です。

3-4 林強華です。

3-5 林美蓮です。
どうぞ、よろしくお願いします。

3-6 こちらこそ、よろしく。
寮の生活で、お困りのことがあれば、いつでも言って下さい。お役に立ちます。

3-7 こちらに、西村さんが見えました。
隣りの部屋の方です。
紹介しましょう。
こちらは、西村さんです。

3-8 初めまして、西村と申します。
201号室に住んでいます。

3-9 それでは、陳志昌さんの部屋、202号室に案内しましょう。

3-10 また、後でお会いしましょう。

3-11 ありがとうございます。

3-12 お願いします。

4.会社で

4-1 此の度、新しく来られた方を紹介します。台湾から働きに見えた、陳志昌さんです。この会社で、皆さんと一緒に仕事をします。
いろいろと助けてあげてください。

4-2 初めまして、わたしは、台湾から来た、陳志昌と申します。
日本へ、初めて来ました。
まだ、勝手がよく分かりませんので、よろしくお願い致します。

4-3 こちらが、主任です。
仕事のことは、この人に聞いてください。

4-4 ようこそ、いらっしゃいました。
早く、慣れるといいですね。

4-5 はい、いろいろと教えてください。

4-6 では、会社の中を案内しましょう。
そのあとで、主任さんに、仕事の内容を説明してもらいます。

4-7 山田さん、ゆっくり案内してあげてください。

4-8 じゃ、よろしく頼みますよ。

4-9 ひとまず、失礼します。
また、あとで。陳志昌さん、さあ、一緒に行きましょう。

4-10 失礼します。
あとで、よろしくお願いします。

5.町内会にはいる

5-1 ごめんください。

5-2 ああ、林美蓮さん、こんにちは。

5-3 町内会のことについておききしたいのですが。

5-4 どんなことですか。

5-5 町内会にははいらなくてはいけないのですか。

5-6 はいったほうがいいと思います。
はいるとこの市民広報が毎月くばられます。
これにはゴミをだす日、緊急医、市の催しなどがのっています。
この市のことがわかっていいと思いますが。

5-7 わかりました。

5-8 会費は1年3,000円です。
4月にはらいます。

5-9 わかりました。
ありがとうございました。

6.市役所・区役所で（Ⅰ）

外国人登録

6-1 すみませんが、外国人登録にきました。どちらですか。

6-2 ここをまっすぐに行って、6番の窓口です。

6-3 ろく、ですね。
ありがとうございます。

6-4 あの、もしもしお願いします。

6-5 はい。こんにちは。
この町に住みますね。
それでは、これが外国人登録申請書です。
この書類に書いてもらいますが、パスポートと写真はありますか。

6-6 はい、ここにあります。
写真は2枚ですね。

6-7 ああ、それでけっこうです。
パスポートを拝見します。
ええと、まず名前と国籍ですが、台湾からお見えですな。
じゃあ、ここにある小さな紙に一度、名前と性別、生年月日を書いてください。

6-8 陳志昌さんですね。
生年月日は、パスポートと同じですね。
それから、職業、旅券番号、と。
いま、書きうつしていきますが、この次に居住地とありますね、ここに、この町で住むところを書いてください。
つまり日本での住所です。
その次はあなたの国での住所を書きます。ここも、活字体で、分かりやすく書いて下さいよ。

6-9 いいですね。
それでは、済んだら、つぎ。
出生地は何処ですか。
そして大事なのが、勤務先です。
これは勤務所の住所を書いてください。
あと、もうひとつ。
世帯主は誰になりますか。

6-10 あのう、「せたいぬし」は何ですか。

6-11	世帯主というのは家長のことです。		それでは、日本での生活を楽しく過ご
6-12	それなら、私でいいです。		せますように。
6-13	じゃあ、ここにあなたの名前と、次の	6-22	ありがとうございました。

6-13 じゃあ、ここにあなたの名前と、次の
ここは「本人」と書いてください。
それでは、この申請書を渡します。
自分で、名前、国籍、それからこの出
生地のところから、勤務先のところま
でを、この紙に書いたように、ボール
ペンで強くはっきりと書いてください。
あそこにカウンターがあります。
あちらで、どうぞ。

6-14 書けましたか。
では、見てみましょう。
いいようですね。
それでは、書類を受け付けますから、
できるまでしばらく待っていてくださ
い。
名前を呼びますので、そこの椅子に腰
掛けて待っていてください。

6-15 陳志昌さん、この書類を持って、いま
から2週間後の、ここに書いてある日
にちに、ここへ来てください。
これはあなたに、外国人登録証明書を
渡すための書類です。
とても大事ですから、必ず持っていて
ください。

6-16 登録証明書は、カードになっています。
交付予定期間は、この日にちから1週
間です。
この書類と、カードを替えます。
今日は、これで終わりです。

6-17 はい、わかりました。
よろしく、お願いします。

6-18 これを、お願いします。

6-19 はい、こんにちは。登録証明書ですね。
陳志昌さん、ちょっとお待ちください。
はい、では、これを確かめてください。
名前、生年月日。

6-20 はい、まちがいありません。

6-21 番号に、ここに書いてあるのが、有効
期限です。
こちらの紙に、注意事項が書いてあり
ます。これからは、このカードをいつ
も持っていて、なくさないようにして
ください。

7.市役所・区役所で（Ⅱ）
登録証明書の変更

7-1 何ですか。

7-2 この町に新しく来ました。
カードを書き換えます。

7-3 外国人登録の証明書の変更ですね。
それでは、6番の窓口、市民課に行っ
てください。
ここを、まっすぐに、突き当たりです。

7-4 どうもありがとう。

7-5 こんにちは。

7-6 はい、何でしょう。
はじめてですか。

7-7 はい。ああ。いや、この町に変わりま
したので、このカード、これを書き換
えます。

7-8 ああ、変更登録ですね。
わかりました。
この申請書に書いてください。
ええと、変わってきて14日以内です
ね。
新しい住所だけですか。
勤務先は変わりませんか。
カードを見せてください。

7-9 勤め先も変わりました。

7-10 それでは、こちらの小さい紙に、まず
書いてみてください。
あなたの名前と性別、ここは、この町
での新しい住所、それに勤務先とその
住所です。

7-11 日本の友達に、メモに書いてもらいま
した。

7-12 それでは、この町に移ってきた日はい
つですか。
この、移転年月日のところに書いてく
ださいね。

7-13 はい。

7-14 では、この変更登録申請書に、間違え
ないように書いてください。
ここが、居住地つまり住所です。
こちらが前の住所、こちらがわが新し
い住所です。

7-15	世帯主は、変わりますか。
7-16	いいえ、変わりません。
	私です。
7-17	それでは、このままで同じで良いです。
	このところに、前の勤務先、ここに新しい勤務先を書いてください。
	ボールペンで、強くはっきりと。
7-18	はい、わかりました。
7-19	書きましたか。
	では、１５分ぐらいしたら出来ます。
7-20	お願いします。

8.市役所・区役所で（Ⅲ）
市民課の窓口で

8-1	すみません。
	カードがいっぱいになります。
8-2	見せてください。
	そうですね。
8-3	それに、また更新しなければなりません。
	カードを書き換えますか。
8-4	そうですね、それでは、登録事項確認申請をしてください。
	この書類に書いてください。
	何か、変更はありませんね。
8-5	はい、なにもありません。
8-6	それでは、この書類のここは「登録事項の確認（切替）」のところ、４番に、まるをつけて、あとは今迄と同じに書いてください。
8-7	できましたか。
	それでは、この「外国人登録証明書交付予定期間指定書」に、新しい登録証明書を渡す日にちが書いてありますので、この期間内に受取りに来てください。
	この今のカードを、この書類といっしょに返しますので、取りに来るときに忘れずに持ってきてください。
	はい、これで終わりです。
8-8	ありがとう。
8-9	さようなら。

9.学校の手続き（Ⅰ）
幼稚園

9-1	４月から陳修明を幼稚園に入れたいのですが。
9-2	わかりました。
	陳修明君はおいくつですか。
9-3	３才です。
9-4	３才ですと、年少になります。
9-5	保育料などはいくらかかりますか。
9-6	入学料が１万円、毎月の保育料が１３，６００円、給食費が４，０００円です。バスで通うことになると２，０００円さらに必要です。
9-7	わかりました。
9-8	３月に説明会があります。
	手紙で時期がきたら連絡します。

10.学校の手続き（Ⅱ）
小学校

10-1	台湾からきました林美蓮です。
	長男の陳修文で、８才です。
10-2	ようこそいらっしゃいました。
	陳修文君を入学させるのですね。
10-3	できればそうしたいと思います。
10-4	８才ですから、小学校２年になりますね。日本語はできますか。
10-5	話すのは日常会話ていどです。
	書いたり読んだりはできません。
10-6	そうですか。
	日本語での授業はわかりにくいかもしれませんね。
	しかし、授業が終わった後、日本語の補習の授業もしています。
10-7	それは助かります。
10-8	それでは来週の月曜からきてください。
	教科書はこちらで用意します。
	えんぴつと消しゴムとノートを陳修文君にもたせてください。
10-9	よろしくおねがいします。

11.交番で

11-1　すみません。
11-2　どうしましたか。
11-3　財布をおとしたのですが。
11-4　どこでおとしたのですか。
11-5　たぶんデパートをでて、家に帰るまでのあいだにおとしたと思います。
11-6　デパートにはたずねましたか。
11-7　はい、でも、ありませんでした。
11-8　わかりました。
　　　ここに氏名、住所、電話番号を書いてください。
　　　どんな財布で、中には何がはいっていましたか。
11-9　黒い財布で、お金が５，０００円とキャッシュカードがはいっていました。
11-10　見つかりましたら、電話します。
11-11　よろしくおねがいします。

12.郵便局の道をたずねる

12-1　ちょっと、教えてください。
12-2　はい、何か御用でしょうか。
12-3　郵便局はどこですか。
12-4　そうですね。
　　　郵便局は消防署の近くで、ああそうそう、スーパーの隣りです。
12-5　どのように行けばいいですか。
　　　遠いですか。
12-6　南消防署、知っていますか。
12-7　いいえ、わかりません。
12-8　バスで行けばいいかしら。
　　　バスに乗りますか、自転車で行きますか。
12-9　遠ければ、バスで行きます。
　　　近ければ、自転車にします。
12-10　自転車で行けばいいでしょう。
　　　じゃ、地図を書いてあげます。
12-11　はい、お願いします。

13.バスに乗る

13-1　こんにちは。
　　　良い天気ですね。
13-2　こんにちは。良く晴れましたね。
　　　何か御用ですか。
13-3　はい。火曜日に、台湾から友人が来ます。
　　　市役所へ行きたいのですが、駅からどのように行けばいいですか。
13-4　駅からだったら、市内バスが便利でしょう。
　　　駅からすぐに乗れますよ。
13-5　どこから、どこまで乗ったらいいですか。
13-6　駅前にバスの停留所があります。
　　　そこから、市役所前までです。
13-7　どのバスに乗ったらいいでしょうか。
13-8　どのバスも、市役所前を通ります。
　　　停留所は３つ目です。
13-9　３つ目ですか。
13-10　はい。駅から、市立図書館、緑団地入り口そして、その次が市役所前です。
13-11　わかりました。市役所前までですね。
13-12　はい、そこで降りてください。
　　　すぐ、目の前に、市の公会堂がありますが、そのうしろに、市役所の建て物があります。
13-13　どうも、ありがとうございました。

14.電車に乗る

14-1　すみません、名古屋へ行きたいんですが。
14-2　あそこの自動販売機で切符を買ってください。
14-3　ええと、どれですか、
　　　ちょっと教えてください。
　　　名古屋はいくらですか。
14-4　９８０円です。
　　　このボタンです。
14-5　どうも、ありがとう。
14-6　名古屋へ行きます。
　　　この電車でいいですか。
14-7　はい、何ですか。
　　　名古屋へはこの次の特急が先につきます。
　　　次の電車に乗ってください。
　　　特急は座席指定の車両があります。

	この前のほうの1両目から4両目まで
	が自由席です。
	座席指定券は買いましたか。
14-8	それは何ですか。
14-9	予約席です。
	もう、310円を出すと、必ず、座れ
	ます。
14-10	買わなければいけませんか。
14-11	自由席でも、もちろんいいです。
	いまなら、並んでいれば座れます。
14-12	自由席にします。
	ありがとう。

15. 郵便局で（Ⅰ）
手紙を出す
15-1	この手紙を台湾にだしたいのですが。
15-2	船便ですか、航空便ですか。
15-3	航空便でお願いします。
15-4	80円です。
15-5	20円のおつりです。

16. 郵便局で（Ⅱ）
小包を送る
16-1	この小包を台湾に送りたいのですが。
16-2	航空便ですか、船便ですか。
16-3	航空便でお願いします。
16-4	重さが1キロで、台湾に送りますか
	ら2,050円になります。
16-5	ずいぶん高いですね。
16-6	台湾は遠いですし、航空便ですから。
16-7	わかりました。
16-8	中身はなんですか。
16-9	衣類です。
16-11	ありがとうございました。

17. 銀行で
17-1	口座を開きたいのですが。
17-2	この用紙に住所、氏名、電話番号をお
	書きください。
17-3	これでよろしいですか。
17-4	はい。印鑑をお願いします。

17-5	キャッシュカードはつくりますか。
	お願いします。
17-6	では、数字を4つ書いてください。
	これは暗証番号といいます。
	カードでお金を出すときこの番号をつ
	かいます。
17-7	わかりました。
17-8	しばらくおまちください。
17-9	カードは1週間ぐらいでお宅にお送り
	します。ありがとうございました。

18. コインランドリーの使い方
18-1	すみません、コインランドリーの使い
	方を教えてください。
18-2	洗濯物と洗剤をまずいれてください。
	そして100円玉をここにいれればい
	いんですよ。
	あとは自動的に洗濯と脱水をしてくれ
	ます。
18-3	時間はどれくらいかかりますか。
18-4	だいたい30分です。
	もしも洗濯物をかわかしたいなら、こ
	の乾燥機を使うといいですよ。
	洗濯物をここにいれて、100円玉を
	いれれば動き始めます。
	だいたい15分ぐらいかかります。
18-5	いろいろご親切にありがとうございま
	した。

19. 銭湯で
19-1	いらっしゃいませ。
19-2	こんばんは。
	息子とわたしがお風呂に入ります。
	おいくらですか。
19-3	陳修文君は小学生ですね。
19-4	はい、そうです。
19-5	おとな310円、小学生120円です
	から、全部で430円になります。
19-6	500円でお願いします。
19-7	70円のおつりです。
19-8	ああ、いい湯でした。
19-9	ありがとうございました。

20.ファミリーレストランで

20-1　いらっしゃいませ。
　　　あいにく、今、満席ですので、しばら
　　　くここに腰掛けておまちください。
20-2　おまたせしました。
　　　ご案内します。
20-4　何名さまですか。
20-5　4名です。
20-6　では、こちらのテーブルにおかけくだ
　　　さい。
20-7　ご注文は決まりましたか。
20-8　ハンバーグ定食をふたつ、それにジュ
　　　ースを二本。あと、エビフライ定食と
　　　トンカツ定食をひとつずつ、ビールを
　　　一本お願いします。
20-9　ご注文を確認させていただきます。
　　　ハンバーグ定食ふたつ、エビフライ定
　　　食ひとつ、トンカツ定食ひとつ、ビー
　　　ル一本、ジュース二本。
　　　以上でよろしいですか。
20-10　はい。
20-11　しばらくお待ちください。

21.床屋で

21-1　散髪をおねがいします。
21-2　30分ぐらい待っていただかないとい
　　　けませんが。
21-3　わかりました。
21-4　おまたせしました。
　　　どのように刈りましょうか。
21-5　今のような髪形で、短かめにしてくだ
　　　さい。
21-6　わかりました。
21-8　おいくらですか。
21-9　3,300円です。
21-10　どうもありがとうございました。

22.美容院で

22-1　いらっしゃいませ、暑くなりましたね。
　　　今日は、どのようになさいますか。
22-2　暑いですから、短くしてください。
22-3　カットだけにしますか、パーマもかけ
　　　ますか。
22-4　カットだけにします。
22-5　どのように、しましょうか。何センチ
　　　ぐらい、カットしますか。

22-6　3センチぐらい。
22-7　わかりました。
　　　シャンプーは、どうなさいますか。
22-8　シャンプーは、いくらですか。
22-9　カット料金に、500円増しです。
22-10　お願いします。
22-11　はい。それでは、カットだけをして、
　　　そしてシャンプーをします。
22-12　これくらいの長さで、いかがですか。
22-13　ちょうど良いです。けっこうです。

23.薬局で

23-1　すみません。風邪薬がほしいのですが。
23-2　どんな症状ですか。
23-3　せきがひどく、のどがいたいのです。
23-4　熱はありますか。
23-5　37度5分です。
23-6　これを朝と寝る前に1カプセルずつの
　　　んでください。
23-7　おいくらですか。
23-8　1,200円です。
23-9　ありがとうございました。

24.病院で（Ⅰ）
歯医者

24-1　もしもし、伊藤歯科医院ですか。
　　　歯がいたみだしたので、診察してもら
　　　いたいのですが。
24-2　きょうの午後4時ではどうですか。
24-3　わかりました。
24-4　林美蓮さんおはいりください。
24-5　どうしましたか。
24-6　歯が急にいたみだしました。
24-7　口を開いて歯を見せてください。
　　　虫歯ですねえ。
24-8　2日後にまたきてください。
24-9　何時がいいですか。
24-10　午前10時におねがいします。
24-11　わかりました。おだいじに。

25.病院で（II）

個人病院［小児科］

25-1 診察をお願いします。

25-2 前にこの病院にかかられたことがありますか。

25-3 ありません。

25-4 この紙に住所、氏名、電話番号をお書きください。
保険証を出してください。
それでは、熱をはかってください。

25-5 ３８度です。

25-6 陳修明君お入りください。

25-7 どうしましたか。

25-8 きのうから体の調子が悪く、下痢をしています。
今朝は熱がありました。

25-9 服をぬがせてください。

25-10 風邪です。
熱をさげる薬と下痢をとめる薬をだしておきます。
体重は何キロですか。

25-11 １８キロです。
お風呂にいれてもいいですか。

25-12 きょうはやめておいてください。

25-13 どうもありがとうございました。

25-14 薬は食事のあとに飲んでください。
この薬はこの目盛りにあわせて飲んでください。
１，２００円です。

25-15 どうもありがとうございました。

26.救急車をよぶ

26-1 もしもし、救急車をお願いします。
子供が車にはねられました。

26-2 子供はどんなようすですか。

26-3 足の骨を折ったようです。いたがって泣いています。

26-4 そのままにしておいてください。
落ち着いて、場所と名前を言ってください。

26-5 林美蓮といいます。場所はあかつき小学校の正門の前の道路です。
はやくお願いします。

26-6 わかりました。

1. 打招呼〔Ⅰ〕

跟近鄰打招呼

1-1 有人在嗎？

1-2 哪一位呢？

1-3 我是新搬來隔壁姓陳的。
來跟您打個招呼的。

1-4 您好！

1-5 您好！我們是從台灣來的。現在在山川
工業公司工作。這是我太太林美蓮、老
大陳修文、老二陳修明。請多多指教。

1-6 彼此彼此。有什麼事情的話，請說。

1-7 謝謝。

2. 打招呼〔Ⅱ〕

日常問候

(A)

2-1 您好！

2-2 您好！天氣變爽朗了呢！

2-3 是啊！初夏的清爽。
在日本這個季節是一年中最清爽的了。
你們全家要外出嗎？

2-4 是的。

2-5 請慢走！

2-6 那我們走了。

(B)

2-7 您好！

2-8 您好！一切好嗎？

2-9 謝謝您，很好。

2-10 你去哪兒？

2-11 要去那裡一下。

2-12 請慢走！

2-13 謝謝！

2-14 再見！

2-15 再見！

(C)

2-16 您好！

2-17 您好！去買東西回來啊？

2-18 是的。

2-19 那是晚餐的準備吧！
想要的東西店裡都有嗎？

2-21 有，有種種。

2-22 肉很貴吧！

2-23 是啊！
那麼，再見了。

2-24 對了，我也得趕快回去準備晚餐呢！
再見！

3. 搬進公司宿舍

3-1 我來介紹一下。這是公司宿舍的管理人鈴
木先生。

3-2 我叫鈴木。歡迎您來！

3-3 這是陳志昌先生。這是陳太太林美蓮女
士。這是修文跟修明。

3-4 我是陳志昌。以後請多關照。

3-5 我是林美蓮。請多多指教。

3-6 彼此彼此，請多多指教。
宿舍生活如有不方便的地方，請隨時提
出。我會幫忙的。

3-7 西村先生來了。是您隔壁房的人。我來介
紹。這是西村先生。西村先生，這是新來
的陳志昌先生。這是他們全家人。林美蓮
女士、修文、修明。

3-8 你們好！我是西村。住在二○一號房。

3-9 那麼，我帶領你們去陳先生的房間二○二
號房。

3-10 等一下再見！

3-11 謝謝！

3-12 拜託您了！

4. 在公司

4-1 我來介紹這次新來的人。這是從臺灣來的
陳志昌先生。要在這公司跟大家一起工
作。請多幫助他。

4-2 初次見面，我是從臺灣來的，名叫陳志
昌。這是第一次來日本。一切還不很熟
悉，請多多指教。

4-3 這位是主任。工作方面請問他。

4-4 歡迎您來。早一點習慣就好了。

4-5 是的，請多多教導。

4-6 那麼，我帶你參觀公司。之後，請主任給
你說明工作內容。

4-7 山田先生，請帶他好好地參觀。

4-8 那就拜託了。

4-9 我先失陪了。回頭見！
陳先生，我們走吧！

4-10 失陪！等一下再麻煩您！

5. 加入里民會

5-1 有人在嗎？

5-2 哦！林女士，你好！

5-3 想問您有關里民會的事。

5-4 什麼事呢？

5-5 一定要加入里民會嗎？

5-6 加入是比較好。加入的話，每個月可以收到這份市民新聞。這裡面記載著倒垃圾的時間、急診醫院、市鎮活動的舉行事項等。你可以了解我們市鎮的情況的。

5-7 我明白了。

5-8 會費是一年三千塊。四月繳費。

5-9 知道了。謝謝您。

6. 在市公所、區公所〔Ⅰ〕
外國人登記

6-1 對不起，我是來辦外國人登記的。請問在哪兒？

6-2 從這兒直走，在6號窗口。

6-3 是六號嗎？謝謝！

6-4 對不起！

6-5 您好！是住我們市鎮的吧？那麼，這是外國人登記申請表。把這張表填好。有護照和照片嗎？

6-6 有，在這裡。照片兩張吧！

6-7 這就可以了。請讓我看一下護照。嗯，首先是名字和國籍，您是從臺灣來的吧？那麼，請在這兒的小張 紙上面寫上名字、性別、出生年月日。

6-8 是陳志昌先生。出生年月日跟護照上的一致。還有職業、護照號碼。現在我就抄寫下來。你看，下面有‘居住地’的字樣吧。請把你在這個市鎮的住址寫在這裡。也就是你在日本的住址。再下一項 填你在貴國的住址。這裡也用正楷清清楚楚地寫。

6-9 可以。這個好了，再下一項。出生地是哪裡呢？還有重要的是工作處。請在這裡填寫公司住址。 還有一項。誰是‘世帶主’呢？

6-10 這個，什麼是‘せたいぬし’呢？

6-11 ‘世帶主’就是‘家長’的意思。

6-12 這樣的話，我就行了。

6-13 那麼，請在這裡寫你的名字和接著的這裡填‘本人’。我給你這張申請表。請你自己用原子筆照著自己所寫的，從名字、國籍，還有出生地的地方到工作處的地方清楚地填上。那邊有寫字台。請。

6-14 寫完了嗎？我看看。好像可以。那麼我收下這些資料，辦好之前請等一下。我會叫名字的，請坐在那裡的椅子等。

6-15 陳先生，兩星期之後在這上面的日期，請帶這些資料來這裡。這是要交給你外國人登記証的資料，是很重要的。請一定帶著。

6-16 登記証是一張卡。交付預定時間是在這個日期以後的一個禮拜之內。這個資料是要跟卡交換。今天就到此。

6-17 是的，我知道了。拜託您了。

6-18 這個拜託。

6-19 您好！是登記証。陳志昌先生，請等一下。

6-20 那麼，請確認一下。名字和出生年月日。

6-21 可以，沒有錯。這是號碼，這裡寫著的是有效期限。這張紙上記載著注意事項。以後，要隨時帶著這張卡，請不要丟失。那麼，祝您在日本生活愉快！

6-22 多謝您了！

7. 在市公所、區公所〔Ⅱ〕
更換登記証

7-1 什麼事？

7-2 我是新來到這個地方。我要改換卡。

7-3 是外國人登記証的更換。那請您到六號窗口的市民課。從這裡直走到盡頭。

7-4 謝謝！

7-5 你好！

7-6 你好！什麼事呢？第一次啊？

7-7 是的，哦，不，我換到這個市鎮，所以要改換這張卡。

7-8 嗯，是改換登記証。知道了。請填這張表。是變更地方之後的十四天之內。只是新的住址嗎？工作地點有沒有換？請讓我看一下你的卡。

7-9	工作地點也變更了。
7-10	那麼，請先在這小張紙上寫寫看。你的名字、性別，這裡是在這個市鎮的新住址，此外就是工作處和其住址。
7-11	我請日本朋友幫我寫在 紙條上。在 這裡。
7-12	那你什麼時候遷移到這個市鎮的呢？請填在遷移日期欄內。
7-13	好的。
7-14	再來就是正確地填寫在這張變更登記申請表上。這裡是居住地，也就是住址，這邊是以前的住址，這邊是新的住址。
7-15	家長變了嗎？
7-16	不，沒有變，一樣是我。
7-17	那就照原來的一樣就行了。這個地方請填寫以前的工作處，這裡是新的工作處。用原子筆請清楚地填寫。
7-18	是的，明白了。
7-19	寫完了沒有？差不多十五分鐘就可以好的。
7-20	拜託了！

8. 在市公所、區公所〔III〕
在市民課的窗口

8-1	對不起，我的卡已經滿了。
8-2	請讓我看一下。沒有錯。
8-3	此外還得再更換期限。卡要不要改寫？
8-4	這個嘛，那請你做登記項目確認申請。請寫在這表上。有任何變更嗎？
8-5	沒有。
8-6	那麼，這張表的這裡，‘登記項目的確認〔更改〕’的地方，在四號打個圈，其他就跟現在的一樣填寫。
8-7	好了嗎？這張‘外國人登記証明交付預定期間指定書’上記載著新的登記証明的交付日期，請在這期間內來取。現在的這張卡需要和這張表一起交上去，所以來取時請別忘了帶來。好，這樣就行了。
8-8	謝謝，再見！
8-9	再見！

9. 學校的手續〔I〕
幼稚園

9-1	四月起想讓修明進幼稚園。
9-2	明白了。修明今年幾歲？
9-3	三歲。
9-4	三歲的話，是小班。
9-5	保育費等總共要多少？
9-6	入學金是一萬塊，每個月的保育費是一萬三千六百塊，伙食費是四千塊。坐交通車的話，需要加兩千塊。
9-7	明白了。
9-8	三月有說明會，到時會用信件聯絡。

10. 學校的手續〔II〕
小學

10-1	我是從臺灣來的林美蓮。我的 老大 修文，今年八歲。
10-2	歡迎您來！修文要入學，是吧？
10-3	是 想這麼做的。
10-4	八歲的話，是小學二年級。會日文嗎？
10-5	只會說日常會話的程度。不會讀寫。
10-6	是嗎？用日文上課可能很難理解。但課後有日文輔導。
10-7	這樣就好多了。
10-8	那下星期一請過來。我們會 準備教科書。請讓修文小朋友帶鉛筆、橡皮擦、筆記過來。
10-9	麻煩您了！

11. 在派出所

11-1	對不起。
11-2	怎麼了？
11-3	我丟了錢包。
11-4	在哪裡丟失的？
11-5	可能是出了百貨公司之後，在回家的路上丟的。
11-6	向百貨公司詢問過了嗎？
11-7	問過了。但沒有。
11-8	好。請在這裡填寫姓名、住址、電話號碼。什麼樣的錢包，裡面放些什麼？
11-9	黑色的錢包，裡面有現金五千塊 和 提款卡。
11-10	如果找到的話，會給你電話。
11-11	拜託了。

1 2. 詢問郵局的路

12-1 請問一下！

12-2 有什麼貴事？

12-3 郵局在哪兒呢？

12-4 郵局在消防隊的附近，對了，在超級市場的旁邊。

12-5 怎麼走好呢？遠嗎？

12-6 您知道南消防隊嗎？

12-7 不，不知道。

12-8 可以坐巴士去吧？
搭車還是騎腳踏車呢？

12-9 遠的話就搭車，近的話就騎腳踏車。

12-10 可以騎腳踏車去吧。
那麼我畫地圖給你。

12-11 好，拜託了。

1 3. 搭乘公車

13-1 你好！今天天氣很好。

13-2 你好！天氣很晴朗呢。有何貴幹呢？

13-3 是，星期二有朋友要從臺灣來。我想去市公所，不知道從車站怎麼去好呢？

13-4 如果是從車站的話，市內公車比較方便。從車站就可以乘坐了。

13-5 從哪裡到哪裡好呢？

13-6 車站前面有公車站牌，從那裡坐到市公所前面。

13-7 搭乘哪一公車呢？

13-8 任何公車都經過市公所前面。
是第三站。

13-9 是第三站嗎？

13-10 是的。從車站經市立圖書館、綠社區入口處，再就是市公所前面了。

13-11 知道了。是市公所前面。

13-12 對，請在那裡下車。
馬上就可看到市鎮禮堂，而那個後面就是市公所的建築物了。

13-13 真謝謝你！

1 4. 搭乘電車

14-1 對不起，我要去名古屋。

14-2 請在那邊的自動販賣機買車票。

14-3 誒，是哪一個呢？
請告訴我到名古屋多少？

14-4 九百八。是這個按鈕。

14-5 多謝了。

14-6 我要去名古屋，可不可以乘坐這電車？

14-7 什麼？下一班特快車會先到名古屋。
請坐下一班電車。特快有對號座車廂。
在這前面的第一車廂到第四車廂是非對號座。買了對號票嗎？

14-0 那是什麼？

14-9 是訂座。
再付三百一十塊，一定有座位坐。

14-10 一定要買嗎？

14-11 當然非對號座也是行的。
現在排隊的話，可以坐到位子。

14-12 我就坐非對號座，謝謝！

1 5. 在郵局〔Ⅰ〕
寄信

15-1 我想把這封信寄到臺灣。

15-2 是水陸還是航空？

15-3 拜託用航空郵件。

15-4 要一百二。

15-5 找你八十塊。

1 6. 在郵局〔Ⅱ〕
寄包裹

16-1 我想寄包裹到臺灣。

16-2 是航空還是水陸？

16-3 拜託用航空郵件。

16-4 有一公斤重，寄到臺灣，要四千八。

16-5 真貴呢！

16-6 因為臺灣遠而且又是航空郵件。

16-7 明白了。

16-8 裡面是什麼？

16-9 是衣物。

16-10 拜託了。

16-11 謝謝！

1 7. 在銀行

17-1 我想開戶頭。

17-2 請在這張紙上填寫住址、姓名、電話號碼。

17-3 這樣可以了嗎？

17-4 行，請給我印章。要不要作提款卡？

17-5 要。

17-6 那麼請填寫四個數目字。這叫暗碼。
用提款卡提取存款時，用這個號碼。

17-7 知道了。

17-8 請等一下。

17-9 提款卡大約一個禮拜之后會寄到府上。
謝謝您!

18. 自助洗衣機的使用法

18-1 對不起, 請告訴我 自助洗衣機 的使用法。

18-2 請先放入換洗衣物和洗衣粉。然後把一百元硬幣投入這兒就行了。之後就會自動洗衣跟脫水。

18-3 要花多久時間?

18-4 大約三十分鐘。如想烘乾衣服, 可以使用這個烘乾機。把衣物放入這裡, 投進一百元硬幣就會開始轉動。大約要花十五分鐘左右。

18-5 謝謝你教我那麼多。

19. 在大衆澡堂

19-1 歡迎光臨!

19-2 你好!我和我兒子要洗澡。多少錢?

19-3 修文是小學生吧?

19-4 是的!

19-5 大人三百一, 小學生一百二, 總共四百三十塊。

19-6 給你五百塊。

19-7 找你七十塊。

19-8 很舒服的熱水。謝謝!

19-9 謝謝!

20. 在餐廳

20-1 歡迎光臨!很不湊巧, 現在客滿, 請坐在這兒稍等一會兒。

20-2 讓你們久等了。我引你們入座。

20-3 好!

20-4 有幾位呢?

20-5 四位。

20-6 那請坐這邊的桌子。

20-7 決定了沒有?

20-8 漢堡特餐兩客, 外加果汁兩瓶。再來炸蝦特餐、豬排特餐各一客, 請來一瓶啤酒。

20-9 我來重複一下。漢堡特餐兩客、炸蝦特餐一客、豬排特餐一客、啤酒一瓶、果汁兩瓶。

20-10 以上這些就好了嗎?

20-11 請稍等!

21. 在理髮店

21-1 我要理髮。

21-2 你得等三十分鐘才行的。

21-3 知道了。

21-4 讓你久等了。要剪什麼髮型?

21-5 跟現在一樣, 請再剪短些。

21-6 明白了。

21-7 剪好了。

21-8 多少錢?

21-9 三千三。

21-10 多謝了!

22. 在美容院

22-1 歡迎光臨!變熱了。今天要如何呢?

22-2 天氣熱了, 請幫我剪短。

22-3 只要剪呢, 還是也加燙髮呢?

22-4 只要剪就行了。

22-5 要剪什麼樣子?剪幾公分呢?

22-6 三公分左右。

22-7 明白了。要洗頭嗎?

22-8 洗髮要多少呢?

22-9 剪髮費增加五百塊。

22-10 那拜託了。

22-11 好的。那麼先剪髮再洗頭。

22-12 這個長度如何呢?

22-13 剛好。行了!

23. 在藥店

23-1 對不起, 我要感冒藥。

23-2 有什麼癥狀呢?

23-3 咳嗽咳得很厲害, 喉嚨發痛。

23-4 發燒嗎?

23-5 三十七度半。

23-6 請在早上和睡前吃一粒這個。

23-7 多少錢?

23-8 一千二。

23-9 謝謝。

2 4. 在醫院〔I〕

牙醫

24-1 喂，是伊藤牙醫醫院嗎？牙疼，想讓醫生看。

24-2 今天下午四點怎麼樣？

24-3 知道了。

24-4 林女士請進！

24-5 怎麼了？

24-6 牙齒突然發疼。

24-7 請把嘴張開讓我看牙齒。是蛀牙呢。

24-8 兩天後請再來。

24-9 幾點好呢？

24-10 請安排在十點。

24-11 知道了，多保重！

2 5. 在醫院〔II〕

私人醫院"小兒科"

25-1 請幫我看一下。

25-2 以前來過這個醫院沒有？

25-3 沒有。

25-4 請在這紙上寫下住址、姓名、電話號碼。請拿出保險證。現在量體溫。

25-5 三十八度。

25-6 修明請進！

25-7 怎麼了？

25-8 昨天開始不舒服，瀉肚子。今天早上發燒了。

25-9 請把他的衣服脫下。

25-10 是感冒。
給你開退燒藥和止瀉藥。
體重有多重呢？

25-11 十八公斤。可以洗澡嗎？

25-12 今天請暫停。

25-13 多謝您了！

25-14 藥是飯後吃。
這個藥照著道刻度給他吃。一千二百塊錢。

25-15 真謝謝您！

2 6. 叫救護車

26-1 喂，請救護車過來。小孩被車撞了。

26-2 小孩現在的情況呢？

26-3 腳似乎骨折了。痛得哭了。

26-4 請在原位別動，請鎮定一點告訴我地點和姓名。

26-5 我叫林美蓮。地點是黎明小學的正門前面的馬路。拜託請快一點。

26-6 明白了。

1 . 打招呼（Ⅰ）
ダー ヅアウ フー

跟近鄰打招呼
ゲン ヂン リン ダー ヅアウ フー

陳志昌（三十八歲）、林美蓮（三十五歲）、陳修文（八歲）、
ツェンヅーツァン（サンスーバーソエイ）、リンメイリェン（サンス-ウーソエイ）、ツェンショウウェン（バーソエイ）、
陳修明（三歲），全家來日本, 住在公寓。
ツェンショウミン（サンソエイ）、チュアンヂアライ ズーベン、ツー ヅアイ ゴン ユイ。

1-1 陳 志 昌：有 人 在 嗎？
ツェン ヅー ツァン ヨウ ゼン ヅアイ マ?

1-2 鄰 居：哪 一 位 呢？
リン ヂュイ ナー イー ウエイ ネ?

1-3 陳 志 昌：我 是 新 搬 來 隔 壁 姓 陳 的。
ツェン ヅー ツァン ウォ スー シン バン ライ ゴー ビー シン ツェン デ。
來 跟 您 打 個 招 呼 的。
ライ ゲン ニン ダー ゴ ヅアウフー デ。

開門
カイメン

1-4 鄰 居：您 好！
リン ヂュイ ニン ハウ

1. あいさつ（Ｉ）

近所（きんじょ）への あいさつ

陳　志昌（ツェンヅーツァン）（３８才）、林美蓮（リンメイリェン）（３５才）、陳　修文（ツェンショウウェン）（８才）、
陳　修明（ツェンショウウェン）（３才）の一家（いっか）が日本（にほん）に来（き）て、アパートに住（す）む。

1-1　陳　志昌（ツェン ヅー ツァン）：ごめんください。

1-2　隣（りん）　人（じん）：はい、どちらさまですか。

1-3　陳　志昌（ツェン ヅー ツァン）：となりにこしてきました陳　志昌（ツェンヅーツァン）と
　　　　　いいます。
　　　　　引越（ひっこ）しのあいさつにきました。

戸（と）があく。

1-4　隣（りん）　人（じん）：こんにちは。

1-5 陳 志 昌：您好！
ツェン ツー ツァン　ニン ハウ！

我 們 是 從 臺 灣 來 的。
ウォーメン スー ツン タイ ワン ライ デ。

現 在 在 山 川 工 業 公 司 工 作。
シェン ヅァイ ヅァイ サン ツォアング ンイエ グン スー グン ヅォ。

這 是 我 太 太 林 美 蓮、 老 大
ヅォー スー ウォー タイ タイ　リン メイ リェン、 ラオ ダー

陳 修 文、 老 二 陳 修 明。
ツェン ショウ ウェン、 ラオ オー ツェン ショウ ミン。

請 多 多 指 教。
チン ドゥオ ドゥオ ヅー ヂャウ。

1-6 鄰 　　　 居：彼 此 彼 此。
リン　　　　　 ヂュイ　ビー ツー ビー ツー。

有 什 麼 事 情 的 話，請 說。
ヨウ セン モ スー チン デ ホア， チン スォ。

1-7 陳 志 昌：謝 謝。
ツェン ツー ツァン　シエ シエ。

1-5 陳 志 昌 : こんにちは。

わたしたち台湾から来ました。

山川工業で働いています。

妻の林美蓮、長男の陳 修文、

次男の陳 修明です。

どうぞよろしくお願いします。

1-6 隣　人 : こちらこそよろしく。

なにかわからないことがあったら、

言ってください。

1-7 陳 志 昌 : ありがとうございます。

背景知識

　日本には引っ越しをした時に、近所の人にあいさつをする習慣が

あります。小さな おみやげ（せっけん、タオル など）を もって、「引越 の

あいさつ」を しておきましょう。

　初対面のとき、日本語のあいさつは、自分の姓を言います。

なのり をします。

「わたしは陳です。」「私の名前は、志昌です。」

　丁寧な言い方は、姓と名を言います。

「わたくし は、陳 志昌 と言います。」「私 は、陳 志昌 と申します。」

生活知識

　　日本有搬家時去跟近鄰打招呼的習慣。最好帶一
個小小的見面禮〔香皂、毛巾〕等贈送給近鄰作爲
"搬家的招呼"。
　　初次見面時，日語的客套話是先介紹自己的姓。
自報姓名："我姓陳""我的姓是陳"
　　比較客氣周到的說法是姓跟名一起說：
"我叫陳志昌"

初めての 人 に 声を かける とき には、「失礼ですが」と 言って から、話し掛けます。そして、自己紹介は 短くて よい です。国の 名前と、日本へ 来た 日にち ぐらいで よく、あとは、次のように はっきりと 言います。

「どうぞ、よろしく お願いします。」

　　　　向陌生人打聽時，先說"對不起"，再開始談話內容。
自我介紹可以簡短些。提一下國名和來日的日期就可以。
最後再清楚的說如下的句子：
　"請多多指教"。

簡単な言い方も、とても便利
ですから覚えましょう。

「どうぞ、よろしく。」「よろしく。」

如下的簡單說法非常方便,
所以要好好記住。
'拜託!' '請多多指教!'
'請多關照!'。

関連語　　相關語

打招呼	ダー　ツァウフー	あいさつ
初次見面	ツーツー　ヂエンミエン	はじめまして
歡迎你來	ホアンイン　ニー　ライ	ようこそ
謝謝	シエシエ	ありがとう
多謝您了	ドゥオシエ　ニン　ラ	どうもありがとうございました
對不起	ドゥエイブチー	ごめんなさい
抱歉	バウチエン	すみません

人	ゼン	人(ひと)
我	ウォー	私(わたし)
你	ニー	あなた
你們	ニーメン	あなたたち
雙親	ソアンチン	両親(りょうしん)
父親	フゥーチン	父(ちち)
母親	ムーチン	母(はは)
祖母	ツームー	祖母(そぼ)
祖父	ツーフゥー	祖父(そふ)
他	ター	彼(かれ)
他們	ターメン	彼等(かれら)
她	ター	彼女(かのじょ)
她們	ターメン	彼女等(かのじょら)
姐妹	ヂエメイ	姉妹(しまい)
兄弟	シュンディー	兄弟(きょうだい)
長女	ヅァンニュイ	長女(ちょうじょ)
孫子	スウエンヅ	孫(まご)
女兒	ニュイオー	娘(むすめ)
兒子	オーズ	息子(むすこ)
堂表兄弟	タン　ビャウ　シュンディー	従兄(いとこ)
丈夫	ヅァンフゥー	夫(おっと)
朋友	ペンヨウ	友人(ゆうじん)
情人	チンゼン	恋人(こいびと)
單身	ダンセン	独身(どくしん)
已婚	イーフウエン	既婚(きこん)

工作處	グンヅオツー	職場(しょくば)
超級市場	ツァウチー　スーツァン	スーパー
建築工地	ヂエンヅー　グンディー	建築現場(けんちくげんば)
醫院	イーユエン	病院(びょういん)
公司	グンスー	会社(かいしゃ)
百貨公司	バイフォ　グンスー	デパート
工場	グンヅァン	工場(こうじょう)
學校	シュエシャウ	学校(がっこう)
店鋪	ディエンブー	店(みせ)

2．打招呼（Ⅱ）
ダー　ヅアウ　フー

日常問候
ズーツアンウェンホウ

（A）

2-1　附近的人：您好！
フー　ヂン　デ　ゼン　　ニン　ハウ！

2-2　陳 志 昌：您好！天氣變爽朗了呢！
ヅェン　ヅー　ヅアン　ニン　ハウ！ティエン チー ビエン ソアン ラン ラ　ネ。

2-3　附近的人：是啊！初夏的清爽。
フー ヂン デ ゼン　　スー ア！ ツー シア デ チン ソアン。

在日本這個季節是一年中
ヅアイ ズー ベン ヅェイ ゴ ヂー チエ スー イー ニェン ヅン

最清爽的了。
ヅゥエイチン ソアン デ ラ。

你們全家要外出嗎？
ニー メン チュアン ヂア ヤウ ワイ ツー マ？

2-4　陳 志 昌：是的。
ヅェン ヅー ヅアン　スー デ。

2-5　附近的人：請慢走！
フー ヂン デ ゼン　　チン マン ヅォウ！

2-6　陳 志 昌：那我們走了。
ヅェン ヅー ヅアン ナー ウォーメン ヅォウラ。

2. あいさつ（Ⅱ）

日常のあいさつ

(A)

2-1　近所の人：こんにちは。

2-2　陳志昌：こんにちは。気持の良い季節に
　　　　　　なりましたね。

2-3　近所の人：そうですね。初夏のさわやかさです。
　　　　　　1年中で、日本ではこの季節が
　　　　　　一番さわやかですよ。
　　　　　　ご家族でおでかけですか。

2-4　陳志昌：ええ、ちょっと。

2-5　近所の人：じゃ、いってらっしゃい。

2-6　陳志昌：行ってまいります。

（B）

2-7 林　美　蓮：您好！

リン　メイ　リェン　ニン　ハウ！

2-8 鄰　　　居：您好！一切好嗎？

リン　　　ヂュイ　ニン　ハウ！イー　チエ　ハウ　マ？

2-9 林　美　蓮：謝謝您，很好。

リン　メイ　リェン　シエ　シエ　ニン，ヘン　ハウ。

2-10 鄰　　　居：你去哪兒？

リン　　　ヂュイ　ニー　チュイ　ナー？

2-11 林　美　蓮：要去那裡一下。

リン　メイ　リェン　ヤウ　チュイ ナー　リ　イー　シア。

2-12 鄰　　　居：請慢走！

リン　　　ヂュイ　チン　マン　ヅォウ！

2-13 林　美　蓮：謝謝！

リン　メイ　リェン　シエ　シエ！

2-14 鄰　　　居：再見！

リン　　　ヂュイ　ヅァイ ヂエン！

2-15 林　美　蓮：再見！

リン　メイ　リェン　ヅァイ ヂエン！

(B)

2-7 林美蓮：こんにちは。

2-8 隣りの人：こんにちは。ご機嫌、いかが。

2-9 林美蓮：はい、お陰様で、元気です。

2-10 隣りの人：どちらまで。

2-11 林美蓮：ちょっと、そこまで。

2-12 隣りの人：お気を付けて。

2-13 林美蓮：ありがとうございます。

2-14 隣りの人：ごめんください。

2-15 林美蓮：さようなら。

（C）

2-16　林　美　蓮：您 好！
リン　メイ　リェン　ニン ハウ！

2-17　鄰　　　居：您 好！去 買 東 西 回 來 啊？
リン　　ヂュイ　ニン ハウ！ チュイ マイ ドゥン シー ホエイ ライ ア？

2-18　林　美　蓮：是 的。
リン　メイ　リェン　スー　デ。

2-19　鄰　　　居：那 是 晚 餐 的 準 備 吧！
リン　　ヂュイ　ナー スー ワン ツァン デ ヅュエン ベイ バ！
　　　　　　　　想 要 的 東 西 店 裡 都 有 嗎？
　　　　　　　　シアンヤウ デ ドゥン シー ディエンリー ドウ ヨウ マ？

2-20　林　美　蓮：有，有 種 種。
リン　メイ　リェン　ヨウ、ヨウ ヅン ヅン。

2-21　鄰　　　居：肉 很 貴 吧！
リン　　ヂュイ　ゾウ ヘン グェイ バ！

2-22　林　美　蓮：是 啊！那 麼，再 見 了。
リン　メイ　リェン　スー　ア！ナー モ、ヅアイ ヂエン ラ。

2-23　鄰　　　居：對 了，我 也 得 趕 快 回 去 準
リン　　ヂュイ　ドゥエイ ラ、ウォー イエ デイ ガン コアイ ホエイチュイ ヅュエン
　　　　　　　　備 晚 餐 呢！再 見！
　　　　　　　　ベイ ワン ツァン ネ！ ヅアイ ヂエン

(C)

2-16　林 美 蓮：こんばんは。

2-17　隣りの人：こんばんは。お買い物のお帰りですか。

2-18　林 美 蓮：はい、ちょっと、そこまで。

2-19　隣りの人：夕食の支度ですね。
　　　　　　　　お店に欲しいものがありましたか。

2-20　林 美 蓮：ええ、いろいろと。

2-21　隣りの人：お肉が高いでしょう。

2-22　林 美 蓮：はい、まぁ。それでは失礼します。

2-23　隣りの人：そう、そうね、わたしも急いで、
　　　　　　　　夕御飯の支度をしなくちゃ。
　　　　　　　　さようなら。

背景知識

　日本語のあいさつは、声をかけあって、相手の元気な様子を知ろうとします。そのときに、選ぶ話題は天気の状態です。例えば、雨が降ると、

「雨だねぇ。」「そう、雨だねぇ。」

「よく降るねぇ。」「降るねぇ。」

と、言うように、言葉を繰り返します。春、夏、秋、冬のそれぞれに、温度の変化を感じる頃になると、「暖かくなりましたね」などと、付け加えます。

　また、そのときの気持を表わす言葉を、そえることもあります。

生活知識

　　日語的寒暄的目的在於透過互相的搭話，探知對方的
狀況。那時所選的話題大部分是關係著氣象。例如：下雨時，
" 下著雨呢！" " 是啊，雨下著呢！"
" 眞會下。" " 下得眞多。"
如此鸚鵡學舌地說。
　　在春夏秋冬各季節感覺到氣溫變化時，會附加說：
" 天氣暖和了 " 等。有時候也添加一些表現當時的
心情的話語。

打招呼	ダー　ヅァウフー	あいさつ
你早	ニー　ヅァウ	おはよう;おはようございます
你好	ニー　ハウ	こんにちは
晩安	ワンアン	こんばんは;おやすみなさい
我回來了	ウォー　ホエイライ　ラ	ただいま
你回來了	ニー　ホエイライ　ラ	おかえりなさい
再見	ヅァイヂエン	さようなら

氣候	チーホウ	気候(きこう)
春天	ツゥエンティエン	春(はる)
夏天	シアティエン	夏(なつ)
秋天	チョウティエン	秋(あき)
冬天	ドゥンティエン	冬(ふゆ)
梅雨	メイユイ	梅雨(つゆ)
太陽	タイヤン	太陽(たいよう)
天氣	ティエンチー	天気(てんき)
天氣預報	ティエンチー　ユイバウ	天気予報(てんきよほう)
晴天	チンティエン	晴れ(はれ)
陰天	インティエン	曇り(くもり)
雨	ユイ	雨(あめ)
雪	シュエー	雪(ゆき)
風	フェン	風(かぜ)
颱風	タイフェン	台風(たいふう)
打雷	ダー　レイ	雷(かみなり)
地震	ディーヅェン	地震(じしん)
氣溫	チーウェン	気温(きおん)
熱	ゾー	暑い(あつい)
暖和	ノアンフオ	暖かい(あたたかい)
涼快	リャンコアイ	涼しい(すずしい)
冷	レン	寒い(さむい)

食品	スーピン	食品(しょくひん)
螃蟹	パンシエ	カニ
蝦子	シアヅ	エビ
鮭魚	グェイユイ	鮭(さけ)
鱒魚	ツゥエンユイ	鱒(ます)
鮪魚	ウェイユイ	マグロ
牛肉	ニョウゾウ	牛肉(ぎゅうにく)
豬肉	ツーゾウ	豚肉(ぶたにく)
雞肉	ヂーゾウ	鶏肉(とりにく)
臘肉	ラーゾウ	ベーコン
蛋	ダン	卵(たまご)
奶酪	ナイルオ	チーズ

火腿	フオトウエイ	ハム
胡蘿卜	フールオボー	人参(にんじん)
馬鈴薯	マーリンスー	じゃがいも
蘿卜	ルオボー	大根(だいこん)
生姜	センヂアン	しょうが
大蒜	ダーソアン	にんにく
黄瓜	ホアンゴア	きゅうり
番茄	ファンチエ	トマト
高麗菜	ガオリーツァイ	キャベツ
洋蔥	ヤンツン	玉ねぎ(たまねぎ)
蔥	ツン	ねぎ
紅豆	フンドウ	小豆(あずき)
大豆	ダードウ	大豆(だいず)
豆腐	ドウフウ	豆腐(とうふ)
香蕉	シアンヂャウ	バナナ
蘋果	ピングオ	りんご
橘子	ヂュイヅ	みかん
橙了	ツェンヅ	オレンジ
葡萄	プータウ	ぶどう
草苺	ツァウメイ	いちご
鳳梨	フェンリー	パイナップル
米	ミー	米(こめ)
麺包	ミエンバウ	パン
麺條	ミエンティアウ	うどん
喬麥麺	チャウマイミエン	そば
麺粉	ミエンフェン	小麦粉(こむぎこ)
糖	タン	砂糖(さとう)
鹽	イェン	塩(しお)
發酵粉	ファーシャウフェン	ベーキングパウダー
調味	ティアウウェイ	ソース
蕃茄醬	ファンチエヂアン	ケチャップ
芥末	ヂエモー	からし
沙拉醬	サーラーヂアン	マヨネーズ
果醬	グオヂアン	ジャム
奶油	ナイヨウ	バター
蛋糕	ダンガウ	ケーキ
餅乾	ピンガン	クッキー

3 . 搬進公司宿舍
バン ヂン グン スー スー ソー

3-1 山　　　田：我來介紹一下。這是公司宿
サン　　　ティエン　ウォーライ ヂエ サウ イー シア。ツォー スー グン スー スー
　　　　　　　舍的管理人鈴木先生。
　　　　　　　ソー デ ゴアン リー ゼン リン ムー シェン セン。

3-2 鈴　　　木：我叫鈴木。歡迎您來！
リン　　　ムー　　ウォー ヂャウ リン ムー。ホアン イン ニン ライ！

3-3 山　　　田：這是陳志昌先生。
サン　　　ティエン　ツォー スー ツェン ヅー ツァン シェン セン。
　　　　　　　這是陳太太林美蓮女士。
　　　　　　　ツォー スー ツェン タイ タイ リン メイ リェン ニュイ スー。
　　　　　　　這是修文跟修明。
　　　　　　　ツォー スー ショウ ウェン ゲン ショウ ミン。

3-4 陳　志　昌：我是陳志昌。
ツェン ヅー ツァン　ウォー スー ツェン ヅー ツァン。
　　　　　　　以後請多關照。
　　　　　　　イー ホウ チン ドゥオ ゴアン ヅアウ。

3-5 林　美　蓮：我是林美蓮。
リン メイ リェン　ウォー スー リン メイ リェン。
　　　　　　　請多多指敎。
　　　　　　　チン ドゥオ ドゥオ ヅー ヂャウ。

3. 会社の寮に入る

3-1 山　　田：ご紹介します。こちらは、会社の
　　　　　　　　寮の、管理人の鈴木さんです。

3-2 鈴　　木：鈴木と申します。

　　　　　　　　ようこそ、いらっしゃいました。

3-3 山　　田：この方は、陳志昌さんです。
　　　　　　　　この方は、陳志昌さんの奥さん、
　　　　　　　　林美蓮さんです。それから、
　　　　　　　　陳修文君に、陳修明君です。

3-4 陳志昌：陳志昌です。

　　　　　　　　これから、こちらにお世話になります。

3-5 林美蓮：林美蓮です。

　　　　　　　　どうぞ、よろしくお願いします。

3-6 鈴　木：彼此彼此，請多多指教。
リン　ムー　ビー ツー ビー ツー　チン ドゥオ ドゥオ ツー ヂャウ。

宿舍生活如有不方便的地
スー ソー セン フオ ズー ヨウ ブー ファン ビエン デ ディー

方，請隨時提出。
ファン，チン ソエイ スー ティー ツー。

我會幫忙的。
ウォー ホエイ バン マン デ。

3-7 山　田：西村先生來了。
サン　ティエン シー ツェン シェン セン ライ ラ。

是您隔壁房的人。
スー ニン ゴー ビー ファン デ ゼン。

我來介紹。
ウォー ライ ヂエ シャウ。

這是西村先生。西村先生，
ヅォー スー シー ツェン シェン セン。シー ツェン シェン セン，

這是新來的陳志昌先生。
ヅォー スー シン ライ デ ツェン ツー ツアン シェン セン。

這是他們全家人。
ヅォー スー ター メン チュアン ヂア ゼン。

林美蓮女士、修文、修明。
リン メイ リェン ニュイ スー、ショウ ウエン、ショウ ミン。

3-8 西　村：你們好！我是西村。
シー　ツェン ニー メン ハウ！ウォー スー シー ツェン。

住在二〇一號房。
ツー ヅァイ オー リン イー ハウ ファン。

3-9 鈴　木：那麼，我帶領你們去陳先生
リン　ムー ナー モ，ウォー ダイ リン ニー メン チュイ ツェン シェン セン

的房間二〇二號房。
デ ファン ジエン オー リン オー ハウ ファン。

3-6 鈴　木：こちらこそ、よろしく。
　　　　　寮の生活で、お困りのことがあれば、
　　　　　いつでも言って下さい。
　　　　　お役に立ちます。

3-7 山　田：こちらに、西村さんが見えました。
　　　　　隣りの部屋の方です。紹介しましょう。
　　　　　こちらは、西村さんです。
　　　　　西村さん、今度、新しく来られた
　　　　　陳志昌さんです。家族の皆さんです。
　　　　　奥さんの林美蓮さん、陳修文君、
　　　　　陳修明君。

3-8 西　村：初めまして。西村と申します。
　　　　　２０１号室に住んでいます。

3-9 鈴　木：それでは、陳志昌さんの部屋、
　　　　　２０２号室に案内しましょう。

3-10 西　　村：等一下再見！
　　　　シー　　　　　ツェン　デン　イー　シア　ヅァイ　ヂエン！

3-11 陳　志　昌：謝　謝！
　　　　ツェン　ツー　ツァン　シエ　シエ！

3-12 林　美　蓮：拜　託　您　了！
　　　　リン　メイ　リェン　バイ　トゥオ　ニン　ラ！

3-10 西村<rt>にしむら</rt>：また、後<rt>あと</rt>でお会<rt>あ</rt>いしましょう。

3-11 陳志昌<rt>ツェン ツーツァン</rt>：ありがとうございます。

3-12 林美蓮<rt>リン メイ リェン</rt>：お願<rt>ねが</rt>いします。

背景知識

会社の寮は、アパートが多いです。
管理人がいる場合と、いない
場合とがあり、建て物によって
ちがいます。

部屋は、独立しています。ドア
の鍵は自分で持っています。

寮に最初に入ることを
「引越し」と言います。

生活知識

公司的宿舍一般都是公寓。
根據地方，有的有管理員，有
的沒有。

房間是各自獨立，房間的鑰
匙自己管理。首次進入宿舍就叫
"喬遷"。

住所	ツースオ	住居(じゅうきょ)
公寓；大廈	グンユイ；ダーサー	アパート；マンション
公司宿舎	グンスー　スーソー	社宅(しゃたく)
獨身宿舎	ドゥーセン　スーソー	独身寮(どくしんりょう)
押金	ヤーヂン	敷金(しききん)
酬謝金	ツォウシエヂン	礼金(れいきん)
門口	メンコウ	玄関(げんかん)
樓梯	ロウティー	階段(かいだん)
房間	ファンヂエン	部屋(へや)
廚房	ツーファン	台所(だいどころ)
臥房	ウォーファン	寝室(しんしつ)
洗澡間；廁所	シーヅァウヂエン；ツォースオ	浴室(よくしつ)；お手洗い(おてあらい)
瓦斯	ワースー	ガス
電	ディエン	電気(でんき)
暖氣	ノアンチー	暖房器具(だんぼうきぐ)
冷氣	レンチー	冷房(れいぼう)

家具；日用品	ヂアヂュイ；ズーユンピン	家具；日用品(かぐ；にちようひん)
桌子	ヅオヅ	テーブル
椅子	イーヅ	椅子(いす)
床	ツオアン	ベッド
棉被	ミエンベイ	ふとん
電視	ディエンスー	テレビ
錄影機	ルーインヂー	ビデオ
立體音響	リーティー　インシアン	ステレオ
瓦斯爐	ワースールー	ガス台(がすだい)
烤爐	カウルー	オーブン
電子爐	ディエンツールー	レンジ
電鍋	ディエングオ	炊飯器(すいはんき)
鍋	グオ	なべ
平底鍋	ピンディーグオ	フライパン
電風扇	ディエンフェンサン	扇風機(せんぷうき)
洗衣機	シーイーヂー	洗濯機(せんたくき)
冷氣裝置	レンチー　ヅォアンヅー	クーラー
火爐	フオルー	ストーブ
冰箱	ピンシアン	冷蔵庫(れいぞうこ)
菜刀	ツァイダウ	包丁(ほうちょう)
筷子	コアイヅ	はし
刀子	ダウヅ	ナイフ

4 . 在公司
ツァイ グン スー

4-1 股　　　長：我 來 介 紹 這 次 新 來 的 人。
ウォーライ ヂエ サウ ヅェイ ツー シン ライ デ ゼン。
グー　　　ツァン
這 是 從 臺 灣 來 的 陳 志 昌 先
ヅォー スー ツン タイ ワン ライ デ ツェン ツー ツァン シェン
生。要 在 這 公 司 跟 大 家 一 起
セン。ヤウ ヅァイ ヅェイ グン スー ゲン ダー ヂア イー チー
工 作。請 多 幫 助 他。
グン ヅオ。チン ドゥオ バン ツー ター。

4-2 陳 志 昌：初 次 見 面，　我 是 從 臺 灣 來
ツー ・ ツー ヂエン ミエン，ウォー スー ツン タイ ワン ライ
ツェン ツー ツァン
的，名 叫 陳 志 昌。
デ，　ミン ヂャオ ツェン ツー ツァン。
這 是 第 一 次 來 日 本。
ヅォー スー ディー イー ツー ライ ズー ベン。
一 切 還 不 很 熟 悉，
イー チエ ハイ ブー ヘン ソウ シー，
請 多 多 指 教。
チン ドゥオ ドゥオ ツー ヂャウ。

4-3 股　　　長：這 位 是 主 任。
ヅォー ウェイ スー ツー ゼン。
グー　　　ツァン
工 作 方 面 請 問 他。
グン ヅオ ファン ミエン チン ウェン ター。

4. 会社 で

4-1 係　　長：此の度、新しく来られた方を紹介
　　　　　　　します。台湾から働きに見えた、
　　　　　　　陳志昌さんです。この会社で、
　　　　　　　皆さんと一緒に仕事をします。
　　　　　　　いろいろと助けてあげてください。

4-2 陳志昌：初めまして。わたしは、台湾から
　　　　　　　来た、陳志昌と申します。
　　　　　　　日本へ、初めて来ました。
　　　　　　　まだ、勝手がよく分かりませんので、
　　　　　　　よろしくお願い致します。

4-3 係　　長：こちらが、主任です。
　　　　　　　仕事のことは、この人に聞いて
　　　　　　　ください。

4-4 主　　任：歡迎您來。
ツー　　ゼン　ホアン イン ニン ライ。
早一點習慣就好了。
ツァオ イー ディエン シー ゴアン ヂョウ ハウ ラ。

4-5 陳　志　昌：是的，請多多教導。
ツェン ツー ツァン　スー デ，チン ドゥオ ドゥオ ヂャウ ダウ。

4-6 山　　田：那麼，我帶你參觀公司。
サン　　ティエン　ナー モ，ウォー ダイ ニー ツァン ゴアン グン スー。
之後，請主任給你說明工作
ツー ホウ，チン ツー ゼン ゲイ ニー スオ ミン グン ツオ
內容。
ネイ ズン。

4-7 主　　任：山田先生，
ツー　　ゼン　サンティエン シェン セン，
請帶他好好地參觀。
チン ダイ ター ハウ ハウ デ ツァン ゴアン。

4-8 股　　長：那就拜託了。
グー　　ツァン　ナー ヂョウ バイ トゥオ ラ。

4-9 山　　田：我先失陪了。
サン　　ティエン　ウォー シエン スー ペイ ラ。
回頭見！陳先生，我們走吧！
ホエイ トウ ヂエン！ツェン シェン セン，ウォー メン ツォウ バ！

4-10 陳　志　昌：失陪！等一下再麻煩您！
ツェン ツー ツァン　スー ペイ！デン イー シア ツァイ マー ファン ニン！

4-4 　主　　任：ようこそ、いらっしゃいました。
　　　　　　　　早く、慣れるといいですね。

4-5 　陳　志　昌：はい、いろいろと教えてください。

4-6 　山　　田：では、会社の中を案内しましょう。
　　　　　　　　そのあとで、主任さんに、仕事の
　　　　　　　　内容を説明してもらいます。

4-7 　主　　任：山田さん、ゆっくり案内してあげて
　　　　　　　　ください。

4-8 　係　　長：じゃ、よろしく頼みますよ。

4-9 　山　　田：ひとまず、失礼します。また、あとで。
　　　　　　　　陳志昌さん、さあ、一緒に
　　　　　　　　行きましょう。

4-10 陳　志　昌：失礼します。
　　　　　　　　あとで、よろしくお願いします。

背景知識
はいけいちしき

　会社では、組織の肩書きで、呼ぶことがあります。社員は、
「部」や「課」、さらには、「係」に所属することがあり、それぞれの
単位に「長」のつく人がいます。大きい部から、順に次のように

　　　　部長　　　課長　　　係長　　　　社員

　また、それぞれのグループに、「主任」がいる場合もあります。

　会社のトップは、「社長」です。

生活知識

　　在公司內習慣用組織的頭銜稱呼對方。職員有屬於“部”、
“課”還有“係”，各單位有一位單位“長”。從較大的部門
開始，依照順序其稱呼如下，部長，課長，係長......社員
　　各個小組織　有時候設有“主任”。
　　公司的頭是“社長〔總經理〕”。

公司	グンスー	会社(かいしゃ)
詢問處	シュンウェンツー	受付(うけつけ)
總經理	ヅンヂンリー	社長(しゃちょう)
上司	サンスー	上司(じょうし)
同事	トゥンスー	同僚(どうりょう)
公務員	グンウーユエン	公務員(こうむいん)
公司職員	グンスー　ツーユエン	会社員(かいしゃいん)
醫生	イーセン	医者(いしゃ)
護士	フースー	看護婦(かんごふ)
店員	ディエンユエン	店員(てんいん)
總經理室	ヅンヂンリースー	社長室(しゃちょうしつ)
會議室	ホエイイースー	会議室(かいぎしつ)
候診室	ホウヅェンスー	待合室(まちあいしつ)
會客室	ホエイコースー	応接室(おうせつしつ)
研究室	イエンヂョウスー	研究室(けんきゅうしつ)
休息室	ショウシースー	休憩室(きゅうけいしつ)
職員餐廳	ツーユエン　ツァンティン	社員食堂(しゃいんしょくどう)
倉庫	ツァンクー	倉庫(そうこ)
辦公處	バンダンツー	事務所(じむしょ)
工作現場	グンヅオ　シエンツァン	作業場(さぎょうば)
更衣室	ゲンイースー	更衣室(こういしつ)
廁所	ツォースオ	お手洗い(おてあらい)
上班時間	サンバン　スーヂエン	始業時間(しぎょうじかん)
下班時間	シアバン　スーヂエン	終業時間(しゅうぎょうじかん)
管理	ゴアンリー	管理(かんり)
辦公	バングン	事務(じむ)
家族津貼	ヂアツー　ヂンティエ	家族手当て(かぞくてあて)
房租津貼	ファンツー　ヂンティエ	住宅手当て(じゅうたくてあて)
通勤津貼	トゥンチン　ジンティエ	通勤手当て(つうきんてあて)
夜班津貼	イエバン　ジンティエ	夜勤手当て(やきんてあて)
假日上班	ヂアツー　サンバン	休日出勤(きゅうじつしゅっきん)
勞動時間	ラウドゥン　スーヂエン	労働時間(ろうどうじかん)
薪水	シンソェイ	給料(きゅうりょう)
請假	チンヂア	欠勤(けっきん)
遲到	ツーダウ	遅刻(ちこく)
早退	ツァウトゥエイ	早退(そうたい)
午休	ウーショウ	昼休み(ひるやすみ)
加班	ジアバン	残業(ざんぎょう)
銷售	シャウソウ	販売(はんばい)
生產	センツァン	生産(せいさん)
託兒所	トゥオオースオ	託児所(たくじしょ)

5 . 加入里民會
チア ズー リー ミン ホエイ

5-1 林　美　蓮：有人在嗎？
リン　メイ　リェン　ヨウ　ゼン　ヅアイ　マ？

5-2 里　　　長：哦！林女士，你　好！
リー　　　ヅアン　オー！ リン　ニュイ　スー、 ニー　ハウ！

5-3 林　美　蓮：想問您有關里民會的事。
リン　メイ　リェン　シアン ウェン ニン　ヨウ　ゴアン リー　ミン ホエイ デ　スー。

5-4 里　　　長：什麼事呢？
リー　　　ヅアン　セン　モ　スー　ネ？

5-5 林　美　蓮：一定要加入里民會嗎？
リン　メイ　リェン　イー ディン ヤウ チア ズー リー ミン ホエイ マ？

5-6 里　　　長：加入是比較好。
リー　　　ヅアン チア ズー スー ビー チャウ ハウ。
加入的話，每個月可以收到
チア ズー デ ホア、メイ ゴ ユエ コー イー ソウ ダウ
這份市民新聞。
ヅェイフェン スー ミン シン ウェン。
這裡面記載著倒垃圾的時
ヅォー リー ミエン チー ヅアイ ヅォ ダウ ロー ソー デ スー
間、急診醫院、市鎮活動的
チェン、チー ヅェン イー ユアン、 スー ヅェン フオ ドゥン デ
舉行事項等。
チュイ シン スー シアン デン。

5. 町内会 に はいる

5-1 林美蓮：ごめんください。

5-2 組　　長：ああ、林美蓮さん、こんにちは。

5-3 林美蓮：町内会のことについておききしたい
　　　　　　　のですが。

5-4 組　　長：どんなことですか。

5-5 林美蓮：町内会にははいらなくてはいけない
　　　　　　　のですか。

5-6 組　　長：はいったほうがいいと思います。
　　　　　　　はいると、この市民広報が毎月
　　　　　　　くばられます。
　　　　　　　これにはゴミをだす日、緊急医、
　　　　　　　市の催しなどがのっています。

你可以了解我們市鎮的情
ニー コー イー リヤウ ヂエ ウォー メン スー ヅェン デ　チン
況的。
コアン　デ。

5-7 林　美　蓮：我明白了。
リン　メイ　リェン　ウォー ミン バイ ラ。

5-8 里　　　長：會費是一年三千塊。
リー　　　ヅァン　ホエイフェイ スー イー ニェン サン チエン コアイ。
四月繳費。
スー　ユエ ヂャウ フェイ。

5-9 林　美　蓮：知道了。謝謝您。
リン　メイ　リェン　ツー ダウ ラ。 シエ シエ ニン。

この市のことがわかっていいと
思いますが。

5-7 林美蓮：わかりました。

5-8 組　　長：会費は1年3,000円です。
4月にはらいます。

5-9 林美蓮：わかりました。
ありがとうございました。

背景知識
<ruby>背景知識<rt>はいけいちしき</rt></ruby>

<ruby>町内会<rt>ちょうないかい</rt></ruby>に<ruby>入<rt>はい</rt></ruby>ると、<ruby>毎月<rt>まいつき</rt></ruby><ruby>市民広報<rt>しみんこうほう</rt></ruby>がくばられます。この<ruby>広報<rt>こうほう</rt></ruby>には、<ruby>市<rt>し</rt></ruby>の<ruby>催<rt>もよお</rt></ruby>し、<ruby>公共施設<rt>こうきょうしせつ</rt></ruby>の<ruby>利用<rt>りよう</rt></ruby>のしかたなどがのっています。とくに<ruby>大切<rt>たいせつ</rt></ruby>なのは、ゴミをだす<ruby>日<rt>ひ</rt></ruby>、<ruby>日曜<rt>にちよう</rt></ruby>や<ruby>祭日<rt>さいじつ</rt></ruby>の<ruby>緊急医<rt>きんきゅうい</rt></ruby>についての<ruby>情報<rt>じょうほう</rt></ruby>です。

生活知識

加入里民會，每個月可以收到一份市民新聞。這份報紙記載著市鎮的活動、公共設施的利用方法等。特別重要的是有關倒垃圾的日期、星期日、假日的急診醫院的消息。

関連語　相關語
かんれんご

里民會	リーミンホエイ	町内会(ちょうないかい)
瓶子	ピンヅ	ビン
傳閲	ツォアンユエ	回覧(かいらん)
廢紙	フェイヅー	紙くず(かみくず)
乾電池	ガンディエンツー	乾電池(かんでんち)
可燃物	コーザンウー	可燃物(かねんぶつ)
節日	ヂエズー	祝日(しゅくじつ)
秀	ショウ	ショー
集聚地	ジージュイディー	集積所(しゅうせきじょ)
演奏會	イェンヅォウホエイ	コンサート
電影	ディエンイン	映画(えいが)
不易燃物	ブーイーザンウー	不燃物(ふねんぶつ)
坂塲	ボーリー	ガラス
日期	ズーヂー	日時(にちじ)
應急措施	インジー　ツオスー	応急処置(おうきゅうしょち)
塑膠	スーヂャウ	プラスチック
海報	ハイバウ	ポスター
布告欄	ブーガウラン	掲示板(けいじばん)
金屬	ジンスー	金属(きんぞく)
發表會	ファービャウホエイ	発表会(はっぴょうかい)
費用	フェイユン	費用(ひよう)
參加	ツァンジア	参加(さんか)
清掃	チンサウ	清掃(せいそう)
陶瓷器	タウツーチー	せともの
大件垃圾	ダーヂエン　ローソー	粗大ゴミ(そだいごみ)
展覽會	ヅァンランホエイ	展示会(てんじかい);展覧会(てんらんかい)
値班	ツーバン	当番(とうばん)

6．在市公所、區公所（Ⅰ）
ツァイ スー グン スオ、チュイ グン スオ

外國人登記
ワイ グオ ゼン デン ヂー

陳志昌先生去市公所辦外國人登記。
ツェンヅーツァンシェンセンチュイスーグンスオ バン ワイ グオ ゼン デン ヂー。

在入口處的詢問台。
ヅァイ ズーコウツー デ シュンウェンタイ。

6-1 陳 志 昌：對 不 起， 我 是 來 辦 外 國 人
ツェン ヅー ツァン ドゥエイブ チー、 ウオース ー ライ バン ワイ グオ ゼン

登 記 的。請 問 在 哪 兒？
デン ヂー デ。 チン ウェンヅァイ ナー？

6-2 詢 問 台：從 這 兒 直 走, 在 六 號 窗 口。
シュン ウェン タイ ツン ヅォー ヅー ヅォウ、ヅァイ リョウ ハウ ツォアン コウ。

6-3 陳 志 昌：是 六 號 嗎？謝 謝！
ツェン ヅー ツァン スー リョウ ハウ マ？ シエ シエ！

陳志昌先生來到六號外國人登記的窗口。
ツェンヅーツァンシェンセンライ ダウ リョウハウワイ グオ ゼン デン ヂー デ ツォアンコウ。

6-4 陳 志 昌：對 不 起！
ツェン ヅー ツァン ドゥエイブ チー！

6. 市役所・区役所 で（I）

外国人 登録

陳 志昌さん、市役所へ外国人 登録 に行く。
玄関 入り口の受付にて。

6-1 陳 志 昌：すみませんが、外国人 登録 に

きました。どちらですか。

6-2 受 付：ここをまっすぐに行って、6番の
窓口です。

6-3 陳 志 昌：ろく、ですね。ありがとうございます。

陳 志昌さん、6番の外 国 人 登録の窓口に来る。

6-4 陳 志 昌：あの、もしもしお願いします。

6-5 辦　事　員：您　好！是　住　我　們　市　鎮　的　吧？
バン　スー　ユエン　ニン　ハウ！スー　ヅーウォーメン　スー　ヅェン　デ　バ？

那　麼，這　是　外　國　人　登　記　申　請
ナー　モ、ヅォー　スー　ワイ　グオ　ゼン　デン　チー　センチン

表。把　這　張　表　塡　好。
ビャウ。バー　ヅェイ　ヅアン　ビャウ　ティエン　ハウ。

有　護　照　和　照　片　嗎？
ヨウ　フー　ヅァウハン　ヅァウ　ピエン　マ？

6-6 陳　志　昌：有，在　這　裡。
ツェン　ツー　ツアン　ヨウ、ヅァイ　ヅォー　リ。

照　片　兩　張　吧！
ヅァウ　ピエン　リャン　ヅアン　バ！

6-7 辦　事　員：這　就　可　以　了。
バン　スー　ユエン　ヅォー　ヂォウ　コー　イー　ラ。

請　讓　我　看　一　下　護　照。
チン　ザン　ウォー　カン　イー　シア　フー　ヅァウ。

嗯，首　先　是　名　字　和　國　籍，您
ン、ソウ　シェン　スー　ミン　ツー　ハン　グオ　ヂー、ニン

是　從　臺　灣　來　的　吧？
スー　ツン　タイ　ワン　ライ　デ　バ？

那　麼，請　在　這　兒　的　小　張　紙　上
ナー　モ、チン　ヅァイ　ヅォー　デ　シャウヅアンツー　サン

面　寫　上　名　字、性　別、出　生　年
ミエン　シエ　サン　ミン　ツー、シン　ビエ、ツー　セン　ニエン

月　日。
ユエ　ズー。

陳　志　昌　先　生　用　原　子　筆　寫。
ツェンツーツアンシェンセンユンユアンツー　ビー　シエ。

6-5 係　　員：はい。こんにちは。この町に
　　　　　　　住みますね。それでは、これが
　　　　　　　外国人 登録 申請書です。
　　　　　　　この書類に書いてもらいますが、
　　　　　　　パスポートと写真はありますか。

6-6 陳 志 昌：はい、ここにあります。
　　　　　　　写真は2枚ですね。

6-7 係　　員：ああ、それでけっこうです。
　　　　　　　パスポートを拝見します。
　　　　　　　ええと、まず名前と国籍ですが、
　　　　　　　台湾からお見えですね。
　　　　　　　じゃあ、ここにある小さな紙に一度、
　　　　　　　名前と性別、生年月日を書いて
　　　　　　　ください。

陳 志 昌さん、ボールペンで書く。

6-8 辦事員：是陳志昌先生。出生年月日
バン スー ユエン スー ツェンヅーツー ツァンシェンセン。ツー センニエン ユエ ズー

跟護照上的一致。
ゲン フー ツァウサン ディーツー。

還有職業、護照號碼。
ハイ ヨウ ツー イエ、フー ヅァウ ハウ マー。

現在我就抄寫下來。
シェンヅアイウォー ヂョウ ツァウ シエ シア ライ。

你看，下面有'居住地'的字
ニー カン、 シア ミエンヨウ「ヂウイ ツー ディー」デ ヅー

樣吧。請把你在這個市鎮的
ヤン バ。チン バー ニーヅァイツェイ ゴ スー ヅェン デ

住址寫在這裡。
ツー ヅー シエ ヅァイ ツォー リ。

也就是你在日本的住址。再
イエ ヂョウ スー ニー ヅァイ ズー ベン デ ツー ツー。ツァイ

下一項填你在貴國的住址。
シア イー シアン ティエンニー ツァイグェイ グオ デ ツー ツー。

這裡也都用正楷清清楚楚
ツォー リ イエ ドウ ユン ヅェンカイ チン チン ツー ツー

地寫。
デ シエ。

陳志昌先生寫完，辦事員確認之後………
ツェンヅーツァンシェンセンシエワン、バン スー ユアンチュエゼン ツーホウ‥‥

6-9 辦事員：可以。這個好了，再下一項。
バン スー ユエン コー イー。ツェイ ゴ ハウ ラ、ツァイ シア イー シアン。

出生地是哪裡呢？
ツー センディ スー ナー リー ネ？

還有重要的是工作處。請在
ハイ ヨウ ヅン ヤウ デ スー グン ツォ ツー。チン ヅァイ

這裡填寫公司住址。
ツォー リ ティエン シエ グン スー ツー ツー。

還有一項。誰是'世帶主'呢？
ハイ ヨウ イー シアン。セイ スー 「スー ダイ ヅー」 ネ？

6-8 　係　　員：陳志昌さんですね。

　　　　　　　生年月日は、パスポートと同じですね。

　　　　　　　それから、職業、旅券番号、と。

　　　　　　　いま、書きうつしていきますが、この

　　　　　　　次に居住地とありますね、ここに、

　　　　　　　この町で住むところを書いてください。

　　　　　　　つまり日本での住所です。

　　　　　　　その次はあなたの国での住所を

　　　　　　　書きます。ここも、活字体で、

　　　　　　　分かりやすく書いて下さいよ。

陳志昌さんが、書きおわると、係員がたしかめてから…

6-9 　係　　員：いいですね。

　　　　　　　それでは、済んだら、つぎ。

　　　　　　　出生地は何処ですか。

　　　　　　　そして大事なのが、勤務先です。

　　　　　　　これは勤務所の住所を書いて

　　　　　　　ください。あと、もうひとつです。

　　　　　　　世帯主は誰になりますか。

6-10 　陳　志　昌：這個，什麼是'せたいぬし'呢？
　　　　ツェン　ツー　ツァン　ツェイ　ゴ、　セン　モ　スー　　「せたいぬし」　　ネ？

6-11 　辦　事　員：'世帶主'就是'家長'的意
　　　　バン　スー　ユエン　「スー　ダイ　ツー」　チョウ　スー　「チア　ツァン」　デ　イー
　　　　　　　　思。
　　　　　　　　スー。

6-12 　陳　志　昌：這樣的話，我就行了。
　　　　ツェン　ツー　ツァン　ツォーヤン　デ　ホア、ウォーチョウ　シン　ラ。

6-13 　辦　事　員：那麼，請在這裡寫你的名字
　　　　バン　スー　ユエン　ナー　モ、　チン　ツァイ　ツォー　リ　シエ　ニー　デ　ミンツー
　　　　　　　　和接著的這裡填'本人'。
　　　　　　　　ハン　チエ　ツォ　デ　ツォー　リ　ティエン　「ベン　ゼン」。
　　　　　　　　我給你這張申請表。請你
　　　　　　　　ウォーゲイ　ニーツェイ　ツァン　セン　チン　ビャウ。　チン　ニー
　　　　　　　　自己用原子筆照著這張所
　　　　　　　　ツー　チー　ユン　ユアン　ツー　ビー　チャウ　ツォ　ツェイ　ツァン　スオ
　　　　　　　　寫的，從名字、國籍，還有出
　　　　　　　　シエ　デ、　　ツン　ミン　ツー、　グオ　チー、　ハイ　ヨウ　ツー
　　　　　　　　生地的地方到工作處的地
　　　　　　　　セン　ディー　デ　ディ　ファン　ダウ　グン　ツォ　ツー　デ　ディー
　　　　　　　　方清楚地填上。
　　　　　　　　ファンチン　ツー　デ　ティエン　サン。
　　　　　　　　那邊有寫字台。請。
　　　　　　　　ネイ　ビエン　ヨウ　シエ　ツー　ダイ。　チン。

6-10　陳 志 昌：あのう、「せたいぬし」は何ですか。

6-11　係　　員：世帯主というのは家長のことです。

6-12　陳 志 昌：それなら、私でいいです。

6-13　係　　員：じゃあ、ここにあなたの名前と、
　　　　　　　　次のここは「本人」と書いてください。
　　　　　　　　それでは、この申請書を渡します。
　　　　　　　　自分で、名前、国籍、それからこの
　　　　　　　　出生地のところから、勤務先の
　　　　　　　　ところまでを、この紙に書いた
　　　　　　　　ように、ボールペンで強く
　　　　　　　　はっきりと書いてください。
　　　　　　　　あそこにカウンターがあります。
　　　　　　　　あちらで、どうぞ。

陳志昌先生返回窗口。
ツエンヅーツアンシェンセンファンホエイツオアンコウ。

6-14 辦事員：寫完了嗎？我看看。
バン　スー　ユエン　シエ　ワン　ラ　マ？　ウオー　カン　カン。
好像可以。那麼我收下這些
ハウ　シアン　コー　イー。ナー　モ　ウオー　ソウ　シアー　ツォー　シエ
資料，辦好之前請等一下。
ヅー　リヤウ、バン　ハウ　ツー　チエン　チン　デン　イー　シア。
我會叫名字的，請坐在那裡
ウオー　ホエイ　ヂャウ　ミン　ツー　デ。チン　ツオ　ヅアイ　ナー　リ
的椅子等。
デイ　イー　ヅ　デン。

辦事員叫陳志昌先生。陳先生走向窗口。
バンスーユエンヂャウツエンヅーツアンシェンセン。ツエンシェンセンヅオウシアンツオアンコウ。

6-15 辦事員：陳先生，兩星期之後在這上
バン　スー　ユエン　ツエン　シェン　セン、リャン　シン　チー　ツー　ホウ　ヅアイ　ツォー　サン
面的日期，請帶這些資料來
ミエン　デ　ズー　チー、チン　ダイ　ツェイ　シエ　ヅー　リヤウ　ライ
這裡。這是要交給你外國人
ツォー　リ。ツォー　スー　ヤウ　ヂャウ　ゲイ　ニー　ワイ　グオ　ゼン
登記証的資料，是很重要
デン　ヂー　ツェン　デ　ヅー　リヤウ、スー　ヘン　ツン　ヤウ
的。請一定帶著。
デ。チン　イー　ディン　ダイ　ツオ。
登記証是一張卡。
デン　ヂー　ツェン　スー　イー　ヅアン　カー。

陳 志昌さんが、窓口に戻ってくる。

6-14 係　　員：書けましたか。では、見てみましょう。

いいようですね。

それでは、書類を受け付けますから、

できるまでしばらく待って

いてください。

名前を呼びますので、そこの椅子に

腰掛けて待っていてください。

係員が陳 志昌さんを呼ぶ。陳 志昌さん、窓口へ。

6-15 係　　員：陳志昌さん、この書類を持って、

いまから2週間後の、ここに書いて

ある日にちに、ここへ来てください。

これはあなたに、外国人登録

証明書を渡すための書類です。

とても大事ですから、必ず持って

いてください。

6-16　辦事員：交付預定時間是在這個日
チャウフワー ユイ デイン スー チエン スー ヅァイ ツェイ ゴ ズー
期以後的一個禮拜之內。
チー イー ホウ デ イー ゴ リー バイ ツー ネイ。
這個資料是要跟卡交換。
ツェイ ゴ ツー リャウ スー ヤウ ゲン カー チャウ ホアン。
今天就到此。
チンティエン ヂョウ ダオ ツー。

6-17　陳志昌：是的, 我知道了。拜託您了。
ツェン ツー ツァン スー デ、ウォー ツー ダウ ラ。バイ トゥオ ニン ラ。

兩星期後的交付日期, 再次在窗口。
リャンシンチー ホウ デ チャウフゥーズーチー、ヅァイツーツァイツォアンコウ。

6-18　陳志昌：這個拜託。
ツェン ツー ツァン ツェイ ゴ バイ トゥオ。

6-19　辦事員：您好！是登記証。
バン スー ユエン ニン ハウ！スー デン ヂー ツェン。
陳志昌先生, 請等一下。
ツェンツー ツァン シェン セン、チン デン イー シア。
那麼, 請確認一下。名字和
ナー モ、チン チュエ ゼン イー シア。 ミン ツー ハン
出生年月日。
ツー セン ニェン ユエ ズー。

6-20　陳志昌：可以, 沒有錯。
ツェン ツー ツァン コー イー、メイ ヨウ ツオ。

6-16　登録証明書は、カードになって
　　　います。交付予定期間は、この日にち
　　　から1週間です。
　　　この書類と、カードを替えます。
　　　今日は、これで終わりです。

6-17　陳志昌：はい、わかりました。
　　　　　　　よろしくお願いします。

2週間後の交付日に再び窓口で

6-18　陳志昌：これを、お願いします。

6-19　係　員：はい、こんにちは。登録証明書
　　　　　　　ですね。陳志昌さん、
　　　　　　　ちょっとお待ちください。
　　　　　　　はい、では、これを確かめてください。
　　　　　　　名前、生年月日。

6-20　陳志昌：はい、まちがいありません。

6-21　辦　事　員：這是號碼,這裡寫著的是有
　　　　バン　スー　ユエン　ツォー スー ハウ マー、ツォー リ シエ ツォ デ スー ヨウ

效期限。
シャウ チー シェン。

這張紙上記載著注意事
ツェイ ツァン ツー サン チー ツァイ ツォ ツー イー スー

項。
シアン。

以後,要隨時帶著這張卡,
イー ホウ、 ヤウ ソエイ スー ダイ ツォ ツェイ ツァン カー、

請不要丟失。那麼,祝您在
チン ブー ヤウ ディオ ウ スー。 ナー モ、 ツー ニン ツァイ

日本生活愉快!
ズー ベン セン フオ ユイ コアイ!

6-22　陳　志　昌：多謝您了!
　　　　ツェン ツー ツァン ドゥオ シエ ニン ラ!

6-21 係　員：番号に、ここに書いてあるのが、
　　　　　　　有効期限です。こちらの紙に、
　　　　　　　注意事項が書いてあります。

　　　　　　　これからは、このカードをいつも
　　　　　　　持っていて、なくさないようにして
　　　　　　　ください。

　　　　　　　それでは、日本での生活を楽しく
　　　　　　　過ごせますように。

6-22 陳志昌：ありがとうございました。

7.在市公所、區公所（Ⅱ）
ツアイ スー グン スオ、 チュイ グン スオ

更換登記証
ゲン ホアン テン ヂー ツェン

黃建銘先生到市公所更換登記証。
ホアンヂエンミン シェンセン ダウ スーグンスオ ゲンホアン テンヂーツェン。

7-1 詢問處：什麼事？
シュン ウェ ツー センモ スー？

7-2 黃建銘：我是新來到這個地方。
ホアン ヂエン ミン ウォースー シン ライ ダウ ツェイ ゴ ディー ファン。
我要改換卡。
ウォー ヤウ ガイ ホアン カー。

7-3 詢問處：是外國人登記証的更換。
シュン ウェ ツー スー ワイ グオ ゼン テン ヂー ツェン デ ゲン ホアン。
那請您到六號窗口的市民
ナー チン ニン ダウ リョウ ハウ ツオアン コウ デ スー ミン
課。
コー。
從這裡直走到盡頭。
ツン ツォー リ ツー ツォウ ダウ ヂン トウ。

7-4 黃建銘：謝謝！
ホアン ヂエン ミン シェ シェ！

黃建銘先生來到六號外國人登記的窗口。
ホアンヂエンミンシェンセンライダウリョウハウ ワイグオ ゼンテンヂー デツオアンコウ。

7. 市役所・区役所 で（Ⅱ）

登録 証明書の変更

黄 建銘さんが登録 証明書の変更に、市役所 に来る。

7-1　受　付：何ですか。

7-2　黄 建銘：この町に新しく来ました。

カードを書き換えます。

7-3　受　付：外国人 登録証明書の変更ですね。

それでは、6番の窓口、

市民課に行ってください。

ここを、まっすぐに、突き当たりです。

7-4　黄 建銘：どうもありがとう。

黄 建銘さん、6番の外国人 登録の窓口に来る。

7-5　黃　建　銘：你好！
　　　　　　　ホアン　ヂエン　ミン　ニー　ハウ！

7-6　辦　事　員：你好！什麼事呢？第一次啊？
　　　　　　　バン　スー　ユエン　ニー　ハウ！　セン　モ　スー　ネ？　ディー　イー　ツー　ア？

7-7　黃　建　銘：是的，哦，不，我換到這個市
　　　　　　　ホアン　ヂエン　ミン　スー　デ、　オー、　ブー、　ウォー　ホアン　ダウ　ヅェイ　ゴ　スー
　　　　　　　　鎮，所以要改換這張卡。
　　　　　　　　ヅェン、スオ　イー　ヤウ　ガイ　ホアン　ヅェイ　ツァン　カー。

7-8　辦　事　員：嗯，是改換登記証。知道了。
　　　　　　　バン　スー　ユエン　ン、　スー　ガイ　ホアン　デン　ヂー　ヅェン。ヅー　ダウ　ラ。
　　　　　　　　請填這張表。是變更地方之
　　　　　　　　チン　ティエン　ヅェイ　ツァン　ビャウ。スー　ビエン　ゲン　ディー　ファン　ヅー
　　　　　　　　後的十四天之內。
　　　　　　　　ホウ　デ　スー　スー　ティエン　ヅー　ネイ。
　　　　　　　　只是新的住址嗎？
　　　　　　　　ヅー　スー　シン　デ　ヅー　ヅー　マ？
　　　　　　　　工作地點有沒有換？
　　　　　　　　グン　ヅオ　ディー　ディエン　ヨウ　メイ　ヨウ　ホアン？
　　　　　　　　請讓我看一下你的卡。
　　　　　　　　チン　ザン　ウォー　カン　イー　シア　ニー　デ　カー。

7-9　黃　建　銘：工作地點也變更了。
　　　　　　　ホアン　ヂエン　ミン　グン　ヅオ　ディー　ディエン　イエ　ビエン　ゲン　ラ。

7-5 黄　建　銘 ホアンヂエンミン ：こんにちは。

7-6 係　　員 かかり いん ：こんにちは。はい、何 なん でしょう。
　　　　　　　　　はじめてですか。

7-7 黄　建　銘 ホアンヂエンミン ：はい。ああ。いや、この町 まち に
　　　　　　　　　変 か わりましたので、このカード、
　　　　　　　　　これを書 か き換 か えます。

7-8 係　　員 かかり いん ：ああ、変更登録 へんこうとうろく ですね。わかりました。
　　　　　　　　　この申請書 しんせいしょ に書 か いてください。
　　　　　　　　　ええと、変 か わってきて１４日以内 じゅうよっか いない
　　　　　　　　　ですね。
　　　　　　　　　新 あたら しい住所 じゅうしょ だけですか。
　　　　　　　　　勤務先 きんむさき は変 か わりませんか。
　　　　　　　　　カードを見 み せてください。

7-9 黄　建　銘 ホアンヂエンミン ：勤 つと め先 さき も変 か わりました。

7-10 辦事員：那麼，請先在這小張紙上寫
寫看。你的名字、性別，這裡
是在這個市鎮的新住址，
此外就是工作處和其住址。

7-11 黃建銘：我請日本朋友幫我寫在紙
條上。在這裡。

7-12 辦事員：那你什麼時候遷移到這個
市鎮的呢？
請填在遷移日期欄內。

7-13 黃建銘：好的。

7-14 辦事員：再來就是正確地填寫在這
張變更登記申請表上。這裡
是居住地，也就是住址。
這邊是以前的住址，這邊是
新的住址。

7-10　係　員：それでは、こちらの小さい紙に、
　　　　　　　まず書いてみてください。
　　　　　　　あなたの名前と性別、ここは、この
　　　　　　　町での新しい住所、それに勤務先
　　　　　　　とその住所です。

7-11　黄建銘：日本の友達に、メモに書いて
　　　　　　　もらいました。これです。

7-12　係　員：それでは、この町に移ってきた日
　　　　　　　はいつですか。この、移転年月日の
　　　　　　　ところに書いてくださいね。

7-13　黄建銘：はい。

7-14　係　員：では、この変更登録申請書に、
　　　　　　　間違えないように書いてください。
　　　　　　　ここが、居住地つまり住所です。
　　　　　　　こちらが前の住所、こちらがわが
　　　　　　　新しい住所です。

7-15 辦 事 員：家長變了嗎？
　　バン　スー　ユエン　　ヂア ツアン ビエン ラ　マ？

7-16 黃 建 銘：不，沒有變，一樣是我。
　　ホアン ヂエン　ミン　　ブー、メイ ヨウ ビエン、イー ヤン スー ウォー。

7-17 辦 事 員：那就跟原來的一樣就行了。
　　バン　スー　ユエン　　ナー ヂョウ ゲン ユアン ライ ディー イー ヤン ヂョウ シン ラ。
　　　　　　　　這個地方請填寫以前的工
　　　　　　　　ヅェイ ゴ ディー ファン チン ティエン シエ イー チエン デ グン
　　　　　　　　作處，這裡是新的工作處。
　　　　　　　　ツオ ツー、ツォー リ スー シン デ グン ツオ ツー。
　　　　　　　　用原子筆請清楚地填寫。
　　　　　　　　ユン ユアン ツー ビー チン チン ツー デ ティエン シエ。

7-18 黃 建 銘：是的，明白了。
　　ホアン ヂエン　ミン　　スー デ、ミン バイ ラ。

7-19 辦 事 員：寫完了沒有？差不多十五分
　　バン　スー　ユエン　　シエ ワン ラ　メイ ヨウ？ツアー ブ ドゥオ スー ウー フェン
　　　　　　　　鐘就可以好的。
　　　　　　　　ゾン ヂョウ コー イー ハウ デ。

7-20 黃 建 銘：拜託了！
　　ホアン ヂエン　ミン　　バイ トゥオ ラ！

7-15 　　　　　　　世帯主は、変わりますか。

7-16 黄建銘：いいえ、変わりません。私です。

7-17 係　員：それでは、このままで同じで良い
　　　　　　　です。
　　　　　　　このところに、前の勤務先、ここに
　　　　　　　新しい勤務先を書いてください。
　　　　　　　ボールペンで、強くはっきりと。

7-18 黄建銘：はい、わかりました。

7-19 係　員：書けましたか。では、１５分ぐらい
　　　　　　　したら出来ます。

7-20 黄建銘：お願いします。

8 . 在市公所、區公所（III）
ツァイ スー グン スオ、 チュイ グン スオ

在市民課的窗口
ツァイ スー ミン コー デ ツォアン コウ

李 麗 秋 小 姐 來 到 市 民 課 的 窗 口。
リーリーチョウシャウヂエライダウスーミンコー デ ツォアンコウ。

8-1 李　麗　秋：對不起, 我的卡已經滿了。
リー　リー　チョウ　ドゥエイブ チー、 ウォー デ カー イー ヂン マン ラ。

8-2 辦　事　員：請讓我看一下。沒有錯。
バン　スー　ユアン　チン ザン ウォー カン イー シア。 メイ ヨウ ツォ。

8-3 李　麗　秋：此外還得再更換期限。
リー　リー　チョウ　ツー ワイ ハイ デイ ツァイ ゲン ホアン チー シェン。
卡要不要改寫?
カー ヤウ ブ ヤウ ガイ シエ?

8-4 辦　事　員：這個嘛, 那請你做登記項目
バン　スー　ユアン　ヂェイ ゴ マ、 ナー チン ニー ツォ デン ヂー シアン ムー
確認申請。請寫在這表上。
チュエ ゼン セン チン。 チン シエ ツァイ ヂェイ ビャウ サン。
有任何變更嗎?
ヨウ ゼン ホー ビエン ゲン マ?

8. 市役所・区役所 で（Ⅲ）

市民課の 窓口 で

李 麗秋さんが市民課の 窓口 に来る。

8-1 李 麗秋：すみません。

　　　　　　　カードがいっぱいになります。

8-2 係　　員：見せてください。

　　　　　　　そうですね。

8-3 李 麗秋：それに、また更新しなければ

　　　　　　　なりません。

　　　　　　　カードを書き換えますか。

8-4 係　　員：そうですね、それでは、登録 事項

　　　　　　　確認 申請 をしてください。

　　　　　　　この書類に書いてください。

　　　　　　　何か、変更はありませんね。

8-5　李　麗　秋：沒　有。
　　　　リー　リー　チョウ　メイ　ヨウ。

8-6　辦　事　員：那麼, 這　張　表　的　這　裡,
　　　　バン　スー　ユアン　ナー　モ, ツェイツァンビャウデ　ツォー　リ,
　　　　　　　　'登　記　項　目　的　確　認〔更　改〕'
　　　　　　　　「テン　チー　シアンムー　デ　チュエ　ゼン（ ゲン ガイ　）」
　　　　　　　　的　地　方, 在　四　號　打　個　圈,
　　　　　　　　デ　ディーファン, ツァイスー　ハウダー　ゴ　チュアン,
　　　　　　　　其　他　就　跟　現　在　的　一　樣　塡　寫。
　　　　　　　　チー　ター　ヂョウ　ゲン　シェンツァイ　デ　イー　ヤンティエンシエ。

李　麗　秋　小　姐　塡　了　表　之　後　回　到　窗　口。
リーリーチョウシャウヂエティエンラビャウツーホウホエイダウツオアンコウ。

8-7　辦　事　員：好　了　嗎?
　　　　バン　スー　ユアン　ハウ　ラ　　マ?
　　　　　　　　這　張　'外　國　人　登　記　証　明
　　　　　　　　ツェイツァン「ワン　グオ　ゼン　テン　チーゼン　ミン
　　　　　　　　交　付　預　定　期　間　指　定　書'
　　　　　　　　ヂャウ　フュー　ユイ　ディン　チー　ヂエン　ツー　ディン　スー」
　　　　　　　　上　記　載　著　新　的　登　記　証　明　的
　　　　　　　　サン　ヂー　ツァイ　ヅォ　シン　デ　テン　チー　ヅェン　ミン　デ
　　　　　　　　交　付　日　期, 請　在　這　期　間　內　來
　　　　　　　　ヂャウ　フュー　ズー　チー, チン　ツァイツォー　チー　ヂエン　ネイ　ライ
　　　　　　　　取。
　　　　　　　　チュイ。
　　　　　　　　現　在　的　這　張　卡　需　要　和　這　張
　　　　　　　　シェンツァイデ　ツェイツァンカー　シュ　イヤウ　ハン　ツェイ　ツァン
　　　　　　　　表　一　起　交　上　去, 所　以　來　取　時
　　　　　　　　ビャウ　イー　チー　ヂャウ　サン　チュイ, スオ　イー　　ライ　チュイ　スー
　　　　　　　　請　別　忘　了　帶　來。
　　　　　　　　チン　ビエ　ワン　ラ　ダイ　ライ。
　　　　　　　　好, 這　樣　就　行　了。
　　　　　　　　ハウ, ヅォーヤン　ヂョウ　シン　ラ。

8-5　李 麗 秋：はい、なにもありません。

8-6　係　　員：それでは、この書類のここは
　　　　　　　　「登録 事項の確認（切替）」のところ、
　　　　　　　　4番に、まるをつけて、あとは今迄
　　　　　　　　と同じに書いてください。

李 麗秋さん、書類を書いて、窓口に。

8-7　係　　員：できましたか。それでは、この
　　　　　　　　「外国人 登録 証明書
　　　　　　　　　　交付 予定 期間 指定書」に、
　　　　　　　　新しい登録 証明書を渡す日にちが
　　　　　　　　書いてありますので、この期間内に
　　　　　　　　受取りに来てください。
　　　　　　　　この今のカードを、この書類と
　　　　　　　　いっしょに返しますので、取りに来る
　　　　　　　　ときに忘れずに持ってきてください。
　　　　　　　　はい、これで終わりです。

8-8　李　麗　秋：謝　謝，再　見！
　　　リー　リー　チョウ　シェ　シェ、ヅァイ ヂエン！

8-9　辦　事　員：再　見！
　　　パン　スー　ユアン　ヅァイ ヂエン！

8-8 李　麗　秋 : ありがとう。さようなら。

8-9 係　　員 : さようなら。

背景知識

　外国人登録は、日本で 90日 以上、生活をする人が
しなければなりません。外国人登録証明書は、プラスチックで
できていて、カードの形をしています。住んでいる町の事務所
(市役所など) で手続きをします。

　手続きには、新規登録、住所変更登録、そして記載事項の
変更登録などがあります。長期滞在の人は、カードをいつも
持っているようにしましょう。

生活知識

仕在日本九十天以上的人都需要辦外國人登記。外國人登記證是用塑膠做的卡片形狀。在所居住的市鎮公所〔市公所等〕辦理手續。

手續項目有首次登記、住址變更登記，還有記載項目的更改登記等。長期逗留者要隨身携帶。

9.學校的手續（Ⅰ）
シュエ シャウ デ ソウ シュイ

幼稚園
ヨウ ヅー ユアン

林美蓮女士要讓修明明年四月上幼稚園，所以拜訪了
リンメイリェン ニュイスー ヤウ ザン ショウミンミンニェンスー ユエ サン ヨウ ヅーユアン、スオ イー バイフアンラ

幼稚園。
ヨウヅーユアン。

9-1 林　美　蓮：四月起想讓修明進幼稚園。
　　リン　　メイ　　リェン　　スー　ユエ　チー　シアン　ザン　ショウ　ミン　ヂン　ヨウ　ヅー　ユアン。

9-2 園　　　長：明白了。
　　ユエン　　　　ヅァン　　ミン　バイ　ラ。
　　　　　　　　　　修明今年幾歲？
　　　　　　　　　　ショウ　ミン　ヂン　ニェン　ヂー　ソエイ？

9-3 林　美　蓮：三歲。
　　リン　　メイ　　リェン　　サン　ソエイ。

9-4 園　　　長：三歲的話，是小班。
　　ユエン　　　　ヅァン　　サン　ソエイ　デ　ホア、　スー　シャウ　バン。

9-5 林　美　蓮：保育費等總共要多少？
　　リン　　メイ　　リェン　　バウ　ユイ　フェイ　デン　ツン　グン　ヤウドゥオ　サオ？

9. 学校 の 手続き （I）

幼稚園

林 美蓮さんは、陳 修明 君を幼稚園に来年の4月からいれるために、
幼稚園をたずねる。

9-1 　林 美 蓮　：　4月から陳 修明を幼稚園に
　　　　　　　　　　入れたいのですが。

9-2 　園 長 先 生　：　わかりました。
　　　　　　　　　　陳 修明君はおいくつですか。

9-3 　林 美 蓮　：　3才です。

9-4 　園 長 先 生　：　3才ですと、年少になります。

9-5 　林 美 蓮　：　保育料などはいくらかかりますか。

9-6 園　　　長：入學金是一萬塊，每個月的
ユエン　　　ツァン　　ズー　シュエ　ヂン　スー　イー　ワン　コアイ、メイ　ゴ　ユエ　デ

保育費是一萬三千六百塊，
バウ　ユイ　フェイ　スー　イー　ワン　サン　チェン　リョウ　バイ　コアイ、

伙食費是四千塊。
フオ　スー　フェイ　スー　スー　チェン　コアイ。

坐交通車的話，需要加兩千
ツオ　ヂャウ　トゥン　ツォー　デ　ホア、シュイ　ヤウ　ヂア　リャン　チェン

塊。
コアイ。

9-7 林　美　蓮：明白了。
リン　メイ　リェン　ミン　バイ　ラ。

9-8 園　　　長：三月有說明會，
ユエン　　　ツァン　　サン　ユエ　ヨウ　スオ　ミン　ホエイ、

到時會用信件聯絡。
ダウ　スー　ホエイ　ユン　シン　ヂエン　リェン　ルオ。

9-6 園長先生 ： 入学料が1万円、毎月の
保育料が13,600円、
給食費が4,000円です。
バスで通うことになると、
2,000円さらに必要です。

9-7 林美蓮 ： わかりました。

9-8 園長先生 ： 3月に説明会があります。
手紙で時期がきたら連絡します。

10. 學校的手續（I）
シュエ シャウ デ ソウ シュイ

小 學
シャウ シュエ

修文要進小學，林美蓮女士跟老師商量入學的事。
ショウ ウェン ヤウ ヂン シャウ シュエ、リン メイ リェン ニュイ スー ゲン ラウ スー サン リャン ズー シュエ デ スー。

10-1 林 美 蓮：我是從臺灣來的林美蓮。
リン メイ リェン　ウォー スー ツン タイ ワン ライ デ リン メイ リェン。
　　　　　　　　我的老大修文，今年八歲。
　　　　　　　　ウォー デ ラウ ダー シュウ ウェン、ヂン ニェン バー ソエイ。

10-2 老 　 師：歡迎您來！
ラウ　　 スー　ホアン イン ニン ライ！
　　　　　　　　修文要入學，是吧？
　　　　　　　　ショウ ウェン ヤウ ズー シュエ、スー バ？

10-3 林 美 蓮：我是想這麼做的。
リン メイ リェン　ウォー スー シアン ヅェン モ ヅオ デ。

10-4 老 　 師：八歲的話，是小學二年級。
ラウ　　 スー　バー ソエイ デ ホア、スー シャウ シュエ オー ニェン ヂー。
　　　　　　　　會日文嗎？
　　　　　　　　ホエイ ズー ウェン マ？

10. 学校の手続き（Ⅱ）

小学校

陳修文君を小学校にいれるために、林美蓮さんが先生と入学について話をしています。

10-1　林美蓮：台湾からきました林美蓮です。
　　　　　　　　長男の陳修文で、8才です。

10-2　先　生：ようこそいらっしゃいました。
　　　　　　　　陳修文君を入学させるのですね。

10-3　林美蓮：できればそうしたいと思います。

10-4　先　生：8才ですから、小学校2年に
　　　　　　　　なりますね。日本語はできますか。

10-5 林　美　蓮：只會說日常會話的程度。
リン　メイ　リェン　ツー ホエイ スオ ズー ツァン ホエイ ホア　デ　ツェンドゥー。

不會讀寫。
ブー ホエイ ドゥー シエー。

10-6 老　　　師：是嗎？用日文上課可能很
ラウ　　　スー　スー　マ？　ユン ズー ウェン サン コー コー ネン ヘン

難理解。
ナン　リー　ヂエ。

但課後有日文輔導。
ダン　コー　ホウ ヨウ ズー ウェン フウー ダウ。

10-7 林　美　蓮：這樣就好多了。
リン　メイ　リェン　ヅェイ ヤン ヂョウ ハウ ドゥオ　ラ。

10-8 老　　　師：那下星期一請過來。我們會
ラウ　　　スー　ナー シア シン チー イー　チン グオ ライ。ウォー メン ホエイ

準備教科書。
ヅゥエン ベイ チャウ コー スー。

請讓修文小朋友帶鉛筆、
チン ザン ショウ ウェン シャウ ペン ヨウ ダイ チエン ビー、

橡皮擦、筆記過來。
シアン ビー ツァー、ビー ヂー グオ ライ。

10-9 林　美　蓮：麻煩您了！
リン　メイ　リェン　マー ファン ニン　ラ！

10-5　林 美 蓮：話すのは日 常 会 話ていどです。
　　　　　　　書いたり読んだりはできません。

10-6　先　　生：そうですか。
　　　　　　　日本語での授 業はわかりにくいかも
　　　　　　　しれませんね。
　　　　　　　しかし、授 業が終わった後、日本語の
　　　　　　　補 習の授 業もしています。

10-7　林 美 蓮：それは助かります。

10-8　先　　生：それでは、来 週の月曜からきて
　　　　　　　ください。教 科 書はこちらで用 意
　　　　　　　します。えんぴつと消しゴムとノートを
　　　　　　　陳 修 文 君にもたせてください。

10-9　林 美 蓮：よろしくおねがいします。

幼稚園の園児募集は10月頃から始まります。例として、ある幼稚園の保育料をあげておきます。

小学校は基本的には無料ですが、給食費などでおおよそ月4,000円から5,000円かかります。

保育料	13,600円
給食費	4,000円
バス	2,000円
合　計	19,600円

（1992年現在）

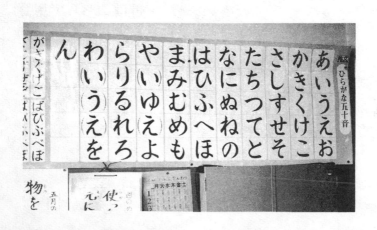

生活知識

　　幼稚園的招生約在十月開始。
例舉某幼稚園的保育費：

　　小學基本上是免費，但是伙
食費平均每個月約是四千元到五
千元左右。

保 育 費	13,600 元
伙 食 費	4,000 元
交 通 費	2,000 元
共　　計	19,600 元

〔1992年當時〕

學校	シュエシャウ	学校(がっこう)
公立	グンリー	公立の(こうりつの)
私立	スーリー	私立の(しりつの)
國文	グオウェン	国語(こくご)
歷史	リースー	歴史(れきし)
科學	コーシュエ	科学(かがく)
社會	ソーホエイ	社会(しゃかい)
音樂	インユエ	音楽(おんがく)
算術	ソアンスー	算数(さんすう)
體育	ティーユイ	体育(たいいく)
美術	メイスー	美術(びじゅつ)
出席	ツーシー	出席(しゅっせき)
功課表	グンコーピャウ	時間割(じかんわり)
教科書	ヂャウコースー	教科書(きょうかしょ)
小學	シャウシュエ	小学校(しょうがっこう)
黑板	ヘイバン	黒板(こくばん)
校長	シャウヅァン	校長(こうちょう)
學費	シュエフェイ	月謝(げっしゃ)
遠足	ユエンツー	遠足(えんそく)
及格	ジーゴー	合格(ごうかく)
教室	ヂャウスー	教室(きょうしつ)
體育館	ティーユイーゴアン	体育館(たいいくかん)
不及格	ブー ジーゴー	落第(らくだい)
入園	ズーユエン	入園(にゅうえん)
入學	ズーシュエ	入学(にゅうがく)
廁所	ツォースオ	お手洗い(おてあらい)
制服	ツーフゥー	制服(せいふく)
書桌	スーヅオ	机(つくえ)
幼稚園	ヨウツーユエン	幼稚園(ようちえん)
畢業	ビーイエ	卒業(そつぎょう)
導師	ダウスー	担任(たんにん)
測驗	ツォーイエン	テスト
請假條	チンヂアティアウ	欠席届(けっせきとどけ)
請假	チンジア	欠席(けっせき)
家長會	ヂアヅァンホエイ	ＰＴＡ(びーてぃーえー)

文具	ウェンジュイ	文房具(ぶんぼうぐ)
原子筆	ユエンツービー	ボールペン
活心鉛筆	フオシン チエンビー	シャープペンシル
透明膠帶	トウミン チャウダイ	セロテープ
圓規	ユエンゴェイ	コンパス
便條	ビエンティアウ	メモ用紙(めもようし)
尺	ツー	ものさし
膠糊	チアンフー	のり
筆	ビー	ペン
橡皮擦	シアンビーツァー	消しゴム(けしごむ)
剪刀	チエンダウ	はさみ
釘書機	ティンスージー	ホッチキス

11.在派出所
ツァイ パイ ツー スオ

林美蓮女士丟了錢包,到派出所登記。
リンメイリェンニュイスーディオウラチエンバウ、ダウパイツースオデンヂー。

11-1 林 美 蓮:對不起。
リン メイ リェン ドゥエイブ チー。

11-2 警 察:怎麼了?
ヂン ツァー ヅェン モ ラ?

11-3 林 美 蓮:我丟了錢包。
リン メイ リェン ウォーディヨウラ チエン バウ。

11-4 警 察:在哪裡丟失的?
ヂン ツァー ヅァイナー リ ディオウスー デ?

11-5 林 美 蓮:可能是出了百貨公司之
リン メイ リェン コー ネン スー ツー ラ バイ フオ グン スーツー
後,在回家的路上丟的。
ホウ、ツァイ ホエイ ヂア デ ルー サンディオウ デ。

11-6 警 察:向百貨公司詢問過了嗎?
ヂン ツァー シアンバイ フオ グン スー シュン ウェングオ ラ マ?

11-7 林 美 蓮:問過了。但沒有。
リン メイ リェン ウェングオ ラ。 ダン メイ ヨウ。

11. 交番 で

林 美 蓮さんが財布をおとしたので、交番に届ける。

11-1 林 美 蓮：すみません。

11-2 警 察 官：どうしましたか。

11-3 林 美 蓮：財布をおとしたのですが。

11-4 警 察 官：どこでおとしたのですか。

11-5 林 美 蓮：たぶんデパートをでて、家に帰る
までのあいだにおとしたと思います。

11-6 警 察 官：デパートにはたずねましたか。

11-7 林 美 蓮：はい、でも、ありませんでした。

11-8 警　　察：好。請在這裡填寫姓名、住
址、電話號碼。
什麼樣的錢包，裡面放些什
麼？

11-9 林　美　蓮：黑色的錢包，裡面有現金五
千塊和提款卡。

11-10 警　　察：如果找到的話，會給你電
話。

11-11 林　美　蓮：拜託了。

11-8　警察官：わかりました。ここに氏名、住所、

　　　　　　　　電話番号を書いてください。

　　　　　　　　どんな財布で、中には何がはいって

　　　　　　　　いましたか。

11-9　林美蓮：黒い財布で、お金が5,000円と

　　　　　　　　キャッシュカードがはいって

　　　　　　　　いました。

11-10　警察官：見つかりましたら、電話します。

11-11　林美蓮：よろしくおねがいします。

背景知識

　日本には交番という システム が
あります。そこには おまわりさん
が います。道に迷った時、
落し物をした時 などに いけば、
手助けを して くれます。交番の
ことを「派出所」とも いいます。

生活知識

　在日本有一叫"交番"
〔派出所〕的組織。那裡駐有警察。
迷路、丟失東西等時，可以救助於
他們。交番亦稱"派出所"。

関連語　　相關語

派出所	パイツースオ	交番(こうばん)
交通事故	ヂャウトゥン　スーグー	交通事故(こうつうじこ)
搶劫	チアンジエ	強盗(ごうとう)
軋人後逃跑	ヤー　ゼン　ホウ　タウパウ	ひき逃げ(ひきにげ)
闖空房	ナウ　クンファン	空巣(あきす)

攜帶品	シエダイピン	携帯品(けいたいひん)
裝飾品	ヅォアンスーピン	アクセサリー
被包	ベイパウ	鞄(かばん)
雨傘	ユイサン	傘(かさ)
鑰匙	ヤウスー	鍵(かぎ)
文件	ウェンヂエン	書類(しょるい)
耳環	オーホアン	イヤリング
執照	ツーヅァウ	免許(めんきょ)
身份証	センフェンヅェン	身分証明書(みぶんしょうめいしょ)
護照	フーヅァウ	パスポート
手表	ソウビャウ	腕時計(うでどけい)
戒指	ヂエツー	指輪(ゆびわ)

顔色	イエンソー	色(いろ)
紅色	フンソー	赤(あか)
深藍色	センランソー	紺(こん)
粉紅色	フェンフンソー	ピンク
灰色	ホエイソー	グレー
白色	パイソー	白(しろ)
藍色	ランソー	青(あお)
乳白色	ズーパイソー	ベージュ
黄色	ホアンソー	黄色(きいろ)
茶色	ツァーソー	茶色(ちゃいろ)
綠色	リュイソー	緑(みどり)
淡藍色	ダンランソー	水色(みずいろ)
紫色	ツーソー	紫(むらさき)
黒色	ヘイソー	黒(くろ)

12. 詢問郵局的路
シュンウェン ヨウ ヂュイ デ ルー

12-1 林　美　蓮：請問一下！
リン　　メイ　　リェン　チン ウェン イー シア！

12-2 太　　　　太：有什麼貴事？
タイ　　　　　　タイ　ヨウ セン モ ゴエイ スー？

12-3 林　美　蓮：郵局在哪兒呢？
リン　　メイ　　リェン　ヨウ ヂュイ ツァイ　ナー　ネ？

12-4 太　　　　太：郵局在消防隊的附近，
タイ　　　　　　タイ　ヨウ ヂュイ ツァイ シャウ ファン ドゥエイ デ フゥー ヂン，
　　　　　　　　　　對了，在超級市場的旁邊。
　　　　　　　　　　ドゥエイ ラ、ツァイ ツァウ ヂー　スー ツアン デ　パン ビエン。

12-5 林　美　蓮：怎麼走好呢？
リン　　メイ　　リェン　ヅェン モ ヅォウ ハウ　ネ？
　　　　　　　　　　遠嗎？
　　　　　　　　　　ユエン　マ？

12-6 太　　　　太：您知道南消防隊嗎？
タイ　　　　　　タイ　ニン ツー ダウ ナン シャウファンドゥエイ マ？

12-7 林　美　蓮：不，不知道。
リン　　メイ　　リェン　ブー、　ブー ツー ダウ。

12. 郵便局 の 道 を たずねる

12-1 林美蓮：ちょっと、教えてください。

12-2 奥さん　　：はい、何か御用でしょうか。

12-3 林美蓮：郵便局はどこですか。

12-4 奥さん　　：そうですね。郵便局は消防署の
　　　　　　　　近くで、ああそうそう、スーパーの
　　　　　　　　隣りです。

12-5 林美蓮：どのように行けばいいですか。
　　　　　　　　遠いですか。

12-6 奥さん　　：南 消防署、知っていますか。

12-7 林美蓮：いいえ、わかりません。

12-8　太　　太：可以坐巴士去吧？
　　　　タイ　　　タイ　コー　イー　ツオ　バー　スー　チュイ　バ？
　　　　　　　搭車還是騎腳踏車呢？
　　　　　　　ダー　ツオー　ハイ　スー　チー　ヂャウ　ター　ツォー　ネ？

12-9　林　美　蓮：遠的話就搭車，近的話就騎
　　　リン　メイ　リェン　ユエン　デ　ホア　ヂョウ　ダー　ツオー、チン　デ　ホア　ヂョウ　チー
　　　　　　　腳踏車。
　　　　　　　ヂャウ　ター　ツオー。

12-10　太　　太：可以騎腳踏車去吧。
　　　　タイ　　タイ　コー　イー　チー　ヂャウ　ター　ツオー　チュイ　バ。
　　　　　　　那麼我畫地圖給你。
　　　　　　　ナー　モ　ウォー　ホア　ディートゥー　ゲイ　ニー。

12-11　林　美　蓮：好，拜託了。
　　　リン　メイ　リェン　ハウ、バイ　トウオ　ラ。

12-8　奥さん　　：バスで行けばいいかしら。バスに
　　　　　　　　　乗りますか、自転車で行きますか。

12-9　林 美 蓮：遠ければ、バスで行きます。
　　　　　　　　　近ければ、自転車にします。

12-10　奥さん　　：自転車で行けばいいでしょう。
　　　　　　　　　じゃ、地図を書いてあげます。

12-11　林 美 蓮：はい、お願いします。

背景知識

　最近、スーパー マーケットの他に、コンビニエンス・ストアが増えて
きました。コンビニエンス・ストアは街角にあります。
２４時間、営業をする店もあります。便利な お店で、セルフ
サービスが多いです。
毎日のこまごまとした日用品を買うことができます。コンビニと、
短く言いますが、店の名前で

呼ぶのが普通です。スーパーは、

スーパー マーケットの略した

言い方です。

生活知識

　　　最近、超級市場之外，便利商店增多了。便利商店是在街
口。也有二十四小時營業的商店。是一種方便的商店，自助形
式的較多。可以買到每天要用的零零碎碎的日用品。可以簡稱
コンビニ，但是一般都直呼商店名。超市（スーパー）是超級
市場的簡稱。

関連語　相關語

<ruby>関連語<rt>かんれんご</rt></ruby>　相關語

位置；方向 — ウェイヅー；ファンシャン — 位置;方向(いち;ほうこう)

位置；方向	ウェイヅー；ファンシャン	位置;方向(いち;ほうこう)
前面	チエンミエン	前(まえ)
旁邊	バンビエン	横(よこ)
後面	ホウミエン	後ろ(うしろ)
東	ドゥン	東(ひがし)
西	シー	西(にし)
南	ナン	南(みなみ)
北	ベイ	北(きた)
上面	サンミエン	上(うえ)
下面	シアミエン	下(した)
遠	ユエン	遠い(とおい)
近；附近	ヂン；フウーヂン	近い(ちかい);そば
盡頭	ヂントウ	突き当り(つきあたり)

交通標誌 — ヂャウトゥン　ビャウヅー — 交通標識(こうつうひょうしき)

交通標誌	ヂャウトゥン　ビャウヅー	交通標識(こうつうひょうしき)
入口	ズーコウ	入口(いりぐち)
出口	ツーコウ	出口(でぐち)
街、馬路	ヂエ、マールー	通り(とおり)
紅綠燈	ワンリュイヂン	信号(しんごう)
人行道	ゼンシンダウ	横断歩道(おうだんほどう)
斜坡路	シエポールー	坂道(さかみち)
十字路口	スーヅールーコウ	交差点(こうさてん)

場所 — ツァンスオ — 場所(ばしょ)

場所	ツァンスオ	場所(ばしょ)
公司	グンスー	会社(かいしゃ)
醫院	イーユエン	病院(びょういん)
郵局	ヨウヂュイ	郵便局(ゆうびんきょく)
電話局	ディエンホアヂュイ	電話局(でんわきょく)
學校	シュエシャウ	学校(がっこう)
銀行	インハン	銀行(ぎんこう)
超級市場	ツァウヂー　スーツァン	スーパーマーケット
餐廳	ツァンティン	レストラン
車站	ツォーヅァン	駅(えき)
巴士站	バースーヅァン	バス停留所(ばすていりゅうじょ)
游樂園	ヨウローユエン	遊園地(ゆうえんち)
戲院	シーユエン	映画館(えいがかん)
公園	グンユエン	公園(こうえん)
寺廟	スーミャウ	寺(てら)
神社	センソー	神社(じんじゃ)
教會	ヂャウホエイ	教会(きょうかい)

13．搭乘公車
ダー ツェン グン ツオー

13-1 陳 志 昌：你 好！今 天 天 氣 很 好。
ツェン ツー ツァン　ニー ハウ！ チンテイエン ティエンチー ヘン ハウ。

13-2 西 村：你 好！天 氣 很 晴 朗 呢。
シー　ツェン　ニー ハウ！ティエンチー ヘン チン ラン ネ。

有 何 貴 幹 嗎？
ヨウ ホー ゴエイ ガン マ？

13-3 陳 志 昌：是，星 期 二 有 朋 友 要 從 臺 灣
ツェン ツー ツァン　スー、 シン チー オー ヨウ ペン ヨウ ヤウ ツン タイワン

來。我 想 去 市 公 所，不 知 道
ライ。 ウォー シアン チュイ スー グン スオ、 ブー ツー ダウ

從 車 站 怎 麼 去 好 呢？
ツン ツオー ヅァン ヅェン モ チュイ ハウ ネ？

13-4 西 村：如 果 是 從 車 站 的 話，市 內 公
シー　ツェン　ズー グオス ツン ツオー ヅァン デ ホア、 スー ネイ グン

車 比 較 方 便。
ツォー ビー ヂャウ ファン ビエン。

從 車 站 就 可 以 乘 坐 了。
ツン ツオー ヅァン ヂョウ コー イー ツェン ヅオ ラ。

13-5 陳 志 昌：從 哪 裡 坐 到 哪 裡 好 呢？
ツェン ツー ツァン　ツン ナー リ ツオ ダオ ナー リ ハウ ネ？

13-6 西 村：車 站 前 面 有 公 車 站 牌，
シー　ツェン　ツォー ヅァン チエン ミエン ヨウ グン ツオー ヅァン パイ、

從 那 裡 坐 到 市 公 所 前 面。
ツン ナー リ ツオ ダウ スー グン スオ チエン ミエン。

13. バスに乗る

13-1　陳　志　昌：こんにちは。良い天気ですね。

13-2　西　　　村：こんにちは。良く晴れましたね。
　　　　　　　　何か御用ですか。

13-3　陳　志　昌：はい。火曜日に、台湾から友人が
　　　　　　　　来ます。
　　　　　　　　市役所へ行きたいのですが、駅から
　　　　　　　　どのように行けばいいですか。

13-4　西　　　村：駅からだったら、市内バスが便利
　　　　　　　　でしょう。駅からすぐに乗れますよ。

13-5　陳　志　昌：どこからどこまで乗ったらいいですか。

13-6　西　　　村：駅前にバスの停留所があります。
　　　　　　　　そこから、市役所前までです。

13-7 陳 志 昌：搭 乘 哪 一 公 車 呢？

13-8 西　　　村：任 何 公 車 都 經 過 市 公 所 前
面。是 第 三 站。

13-9 陳 志 昌：是 第 三 站 嗎？

13-10 西　　　村：是 的。 從 車 站 經 市 立 圖 書
館、綠 社 區 入 口 處，再 就 是
市 公 所 前 面 了。

13-11 陳 志 昌：知 道 了。是 市 公 所 前 面。

13-12 西　　　村：對，請 在 那 裡 下 車。
馬 上 就 可 看 到 市 鎮 禮 堂，
而 那 個 後 面 就 是 市 公 所 的
建 築 物 了。

13-13 陳 志 昌：眞 謝 謝 你！

13-7 陳志昌 ： どのバスに乗ったらいいでしょうか。

13-8 西村 ： どのバスも、市役所前を通ります。
停留所は３つ目です。

13-9 陳志昌 ： ３つ目ですか。

13-10 西村 ： はい。駅から、市立図書館、
緑団地入り口そして、その次が
市役所前です。

13-11 陳志昌 ： わかりました。市役所前までですね。

13-12 西村 ： はい、そこで降りてください。
すぐ、目の前に、市の公会堂が
ありますが、そのうしろに、市役所の
建て物があります。

13-13 陳志昌 ： どうも、ありがとうございました。

14.搭乘電車
ダーツェンディエンツオー

搭電車去名古屋。在車站剪票口詢問車站服務員。
ダーディエンツオーチュイミングーウー。ヅァイツォーヅアンヂエンピヤウコウシュンウェンツォーヅアンフウーウーユエン。

14-1 陳 志 昌：對 不 起, 我 要 去 名 古 屋。
ツェン ヅー ツアン ドオエイブ チー、ウォー ヤウ チュイ ミン グー ウー。

14-2 站　　　員：請 到 那 邊 的 自 動 販 賣 機 買
ヅアン　　ユエン チン ダウ ネイ ビエン デ ヅードゥン ファン マイ ヂー マイ
車 票。
ツォー ピャウ。

陳志昌先生在自動販賣機前面。
ツェンヅーツアンシェンセンヅァイヅードゥンファンマイヂーチエンミエン。

14-3 陳 志 昌：誒, 是 哪 一 個 呢?
ツェン ヅー ツアン エイ、スー ナー イー ゴ ネ?
請 告 訴 我 到 名 古 屋 要 多 少?
チン ガウ スー ウォー ダウ ミン グー ウー ヤウドゥオサオ?

14-4 旁 邊 人：九 百 八。是 這 個 按 鈕。
パン ビエン ゼン ヂョウ バイ バー。スー ヅェイ ゴ アン ニョウ。

14-5 陳 志 昌：多 謝 了。
ツェン ヅー ツアン ドゥオ シエ ラ。

通過剪票口, 在月台跟車站服務員對話。
トゥングオヂエンピヤウコウ、ヅァイユエタイゲンツォーヅアンフウーウーユエンドオエイホア。

14. 電車に乗る

電車で名古屋にでかける。駅の改札口で、駅員に尋ねる。

14-1 陳志昌：すみません。名古屋へ行きたいん
ですが。

14-2 駅　員：あそこの自動販売機で切符を買って
ください。

陳志昌さん、自動販売機の前で。

14-3 陳志昌：ええと、どれですか。ちょっと教えて
ください。名古屋はいくらですか。

14-4 隣りの人： ９８０ 円です。
このボタンです。

14-5 陳志昌：どうも、ありがとう。

改札口を通る。プラットホームで、駅員と。

14-6 陳 志 昌：我要去名古屋,可不可以乘
坐這電車?

14-7 站　　員：什麼?下一班特快車會先到
名古屋。請坐下一班電車。
特快有對號座車廂。
在這前面的第一車廂到第
四車廂是非對號座。
買了對號票嗎?

14-8 陳 志 昌：那是什麼?

14-9 站　　員：是訂座。再付三百一十塊,
一定有座位坐。

14-10 陳 志 昌：一定要買嗎?

14-6　陳志昌：名古屋へ行きます。

この電車でいいですか。

14-7　駅員：はい、何ですか。

名古屋へはこの次の特急が先に

つきます。

次の電車に乗ってください。

特急は座席指定の車両があります。

この前のほうの１両目から４両目

までが自由席です。

座席指定券は買いましたか。

14-8　陳志昌：それは何ですか。

14-9　駅員：予約席です。

もう、３１０円を出すと、必ず、

座れます。

14-10　陳志昌：買わなければいけませんか。

14-11　站　　員：當然非對號座也是行的。
　　　　　　　　　現在排隊的話，可以坐到位
　　　　　　　　　子。

14-12　陳　志　昌：我就坐非對號座，謝謝！

14-11 駅　　員：自由席でも、もちろんいいです。

　　　　　　　　いまなら、並んでいれば座れます。

14-12 陳志昌：自由席にします。ありがとう。

背景知識

切符を買うときは、自動販売機で買います。改札も自動が多くなりました。行く先の運賃を確かめてから、買いましょう。わからないことは、駅員に聞くといいでしょう。

生活知識

買車票時，在自動販賣機購買。 剪票也逐漸增為自動機器。最好先確認目的地的車費再買票。不知道時可以向站員打聽。

交通機關	ヂャウトゥン　ヂーゴアン	交通機関(こうつうきかん)
預約券	ユイユエチュエン	整理券(せいりけん)
回數券	ホエイスーチュエン	回数券(かいすうけん)
電鈴	ディエンリン	ブザー
吊環	ディアウホアン	吊革(つりかわ)
巴士站	バースーヅァン	バスターミナル
時間表	スーヂエンビャウ	時刻表(じこくひょう)
路上電車	ルーシャン　ディエンツォー	路面電車(ろめんでんしゃ)
地下鐵	ティーシアティエ	地下鉄(ちかてつ)
夜車	イエツォー	夜行列車(やこうれっしゃ)
超特快	ツァウトーコアイ	超特急(ちょうとっきゅう)
快車	コアイツォー	急行(きゅうこう)
吸煙車廂	シーイエン　ツォーシアン	喫煙車(きつえんしゃ)
頭等車廂	トウデン　ツォーシアン	グリーン車(ぐりーんしゃ)
單程車票	ダンツエン　ツォービャウ	片道切符(かたみちきっぷ)
采回票	ライホエイビャウ	往復切符(おうふくきっぷ)
月票	ユエビャウ	定期券(ていきけん)
出租保管箱	ツーヅー　バウゴアンシアン	コインロッカ
時間表	スーヂエンビャウ	時刻表(じこくひょう)
開車	カイツォー	発車(はっしゃ)
抵達	ディーダー	到着(とうちゃく)
月台	ユエタイ	ホーム
平交道	ビンヂャウダウ	踏切(ふみきり)
頭班車	トウバンツォー	始発(しはつ)
末班車	モーバンツォー	最終(さいしゅう)

15. 在郵局（Ⅰ）
ツァイ　ヨウ　ヂュイ

寄　信
ヂー　シン

林美蓮女士去郵局寄信給在臺雙親。
リンメイリェン ニュイスーチュイヨウヂュイヂーシン ゲイ ザイ タイ ソアンチン。

15-1　林　美　蓮：我想把這封信寄到臺灣。
　　　　　リン　メイ　リェン　ウォー シアン バー ヅェイ フェン シン　ヂー　ダウ タイ　ワン。

15-2　職　　　員：是水陸還是航空？
　　　　　ツー　　　ユエン　スー ソェイ ルー ハイ スー ハン クン？

15-3　林　美　蓮：拜託用航空郵件。
　　　　　リン　メイ　リェン　バイ トゥオ ユン ハン クン ヨウ ヂエン。

15-4　職　　　員：要一百二。
　　　　　ツー　　　ユエン　ヤウ イー バイ オー。

林美蓮女士給兩百塊。
リンメイリェンニュイスーゲイリャンバイコアイ。

15-5　職　　　員：找你八十塊。
　　　　　ツー　　　ユエン　ヅァウ ニー バー スー コアイ。

15. 郵便局 で（Ⅰ）

手紙 を だす

林 美 蓮さんが台湾にいる 両 親 に手 紙 をだしに、郵 便 局 にいく。

15-1　林 美 蓮：この手紙を台湾にだしたいの

　　　　　　　　　ですが。

15-2　係　　員：船便ですか、航空便ですか。

15-3　林 美 蓮：航空便でお願いします。

15-4　係　　員：８０円です。

林 美 蓮さんが１００円をだす。

15-5　係　　員：２０円のおつりです。

16．在郵局（II）
ツァイ ヨウ ヂュイ

寄包裹
ヂー パウ グオ

陳志昌先生在郵局寄衣物給在臺雙親。
ツェンツーツァンシェンセン ヅァイ ヨウ ヂュイ ヂー イー ウー ゲイ ヅァイ タイ ソアン チン。

16-1 陳 志 昌：我 想 寄 包 裹 到 臺 灣。
ツェン ツー ツァン ウォー シアン ヂー パウ グオ ダウ タイ ワン。

16-2 職 員：是 航 空 還 是 水 陸？
ツー ユエン スー ハン クン ハイ スー ソェイ ルー？

16-3 陳 志 昌：拜 託 用 航 空 郵 件。
ツェン ツー ツァン パイ トウオ ユン ハン クン ヨウ ヂエン。

16-4 職 員：有 一 公 斤 重，寄 到 臺 灣，
ツー ユエン ヨウ イー グン ヂン ツン、 ヂー ダウ タイ ワン、
要 四 千 八。
ヤウ スー チエン パー。

16-5 陳 志 昌：眞 貴 呢！
ツェン ツー ツァン ヅェン ゴェイ ネ！

16-6 職 員：因 爲 臺 灣 遠 而 且 又 是 航 空
ツー ユエン イン ウェイ タイ ワン ユエン オー チエ ヨウ スー ハン クン
郵 件。
ヨウ ヂエン。

16. 郵便局 で（Ⅱ）

小包 を送る

陳 志 昌さんが郵 便 局から、台湾にいる両 親に衣類を送ります。

16-1　陳 志 昌　：この小包を台湾に送りたいの

　　　　　　　　　ですが。

16-2　郵 便 局 員：航空便ですか、船便ですか。

16-3　陳 志 昌　：航空便でお願いします。

16-4　郵 便 局 員：重さが1キロで、台湾に

　　　　　　　　　送りますから2,050円になります。

16-5　陳 志 昌　：ずいぶん高いですね。

16-6　郵 便 局 員：台湾は遠いですし、航空便ですから。

16-7 　陳 志 昌：明 白 了。
　　　ツェン ツー ツアン　ミン バイ ラ。

16-8 　職　　　員：裡 面 是 什 麼？
　　　ツー　　　　　ユエン　リー ミエン スー セン モ？

16-9 　陳 志 昌：是 衣 物。
　　　ツェン ツー ツアン　スー イー ウー。

支 付 四 千 八 百 塊。
ツーフゥースーチエン バーバイ コアイ。

16-10 陳 志 昌：拜 託 了！
　　　ツェン ツー ツアン　バイ トゥオ ラ！

16-11 職　　　員：謝 謝！
　　　ツー　　　　　ユエン　シエ シエ！

16-7　陳 志 昌 　：わかりました。

16-8　郵 便 局 員 ：中身はなんですか。

16-9　陳 志 昌 　：衣類です。

2,050円をはらう。

16-10　陳 志 昌 　：お願いします。

16-11　郵 便 局 員 ：ありがとうございました。

背景知識

　たとえば、台湾に航空便で手紙を送るときは、10グラム
までなら80円、20グラムまでなら140円、30グラムまでなら
200円です。(1992年2月現在)
　品物を航空便で送るときは、郵便局を利用すると便利です。
ただし、航空便は速くて確実ですが、費用がかかります。

生活知識

　　如果用航空郵件寄信到臺灣時，十公克爲止是八十元，
二十公克爲止是一百四十元，三十公克爲止是二十元。
〔1992年八月現在〕
　　使用航空郵件寄包裹時利用郵局比較方便。航空郵件快
又確實，但是費用比較貴。

関連語 相關語
かんれん ご

郵局	ヨウジュイ	郵便局（ゆうびんきょく）
信简	シントゥン	ポスト
郵票	ヨウピャウ	切手（きって）
明信片	ミンシンピエン	葉書（はがき）
限時専送	シエンスー　ヅォアンスン	速達（そくたつ）
掛號	ゴアハウ	書留（かきとめ）
信紙	シンツー	便箋（びんせん）
信封	シンフェン	封筒（ふうとう）
郵費	ヨウフェイ	郵便料金（ゆうびん りょうきん）
國内郵件	クオネイ　ヨウヂエン	国内便（こくないびん）
國外郵件	グオワイ　ヨウヂエン	海外便（かいがいびん）
住址	ツーツー	住所（じゅうしょ）
郵遞區號	ヨウディー　チュイハウ	郵便番号（ゆうびんばんごう）
寄件人	ヂーヂエンゼン	差出人（さしだしにん）
收件人	ソウヂエンゼン	受取人（うけとりにん）
生食品	センスーピン	なまもの

17.在銀行
ツァイ イン ハン

陳志昌先生到銀行開戶頭以便把公司的薪水撥入帳
ツェンツーツァンシェンセンダウインハンカイフートウイービエンバーグンスーデシンソェイボーズーツァン

簿。
ブー。

17-1 陳 志 昌：我 想 開 戶 頭。
ツェン ツー ツァン　ウォー シアン カイ フー トウ。

17-2 銀 行 員：請 在 這 張 紙 上 填 寫 住 址、
イン ハン ユエン　チン ツァイ ツェイ ツァン ツー サンティエン シエ ツー ツー、

　　　　　　　姓 名、電 話 號 碼。
　　　　　　　シン ミン、ディエン ホア ハウ マー。

17-3 陳 志 昌：這 樣 可 以 了 嗎？
ツェン ツー ツァン　ツォー ヤン コー イー ラ　マ？

17-4 銀 行 員：行，請 給 我 印 章。
イン ハン ユエン　シン、　チン ゲイ ウォー イン ヅァン。

　　　　　　　要 不 要 作 提 款 卡？
　　　　　　　ヤウ　ブ　ヤウ ヅオティー コアン カー？

17-5 陳 志 昌：要。
ツェン ツー ツァン　ヤウ。

17. 銀行 で

陳志昌さんが銀行へ、会社の給料を振り込んでもらうための
口座を開きに行きます。

17-1 陳志昌 ： 口座を開きたいのですが。

17-2 銀行員 ： この用紙に住所、氏名、電話番号を
お書きください。

17-3 陳志昌 ： これでよろしいですか。

17-4 銀行員 ： はい。印鑑をお願いします。
キャッシュ カードはつくりますか。

17-5 陳志昌 ： お願いします。

17-6 銀 行 員：那麼請填寫四個數目字。
這叫暗碼。用提款卡提取存
款時，用這個號碼。

17-7 陳 志 昌：知道了。

17-8 銀 行 員：請等一下。

帳簿作好，陳志昌先生被叫名字。

17-9 銀 行 員：提款卡大約一個禮拜之後
會寄到府上。
謝謝您！

17-6　銀行員　：では、数字を１つ書いてください。

これは暗証番号といいます。

カードでお金を出すときこの番号を

つかいます。

17-7　陳志昌　：わかりました。

17-8　銀行員　：しばらくおまちください。

通帳ができて、陳志昌さんがよばれる。

17-9　銀行員　：カードは１週間ぐらいでお宅に

お送りします。

ありがとうございました。

背景知識

　暗証番号は4けたです。他人には教えてはいけません。また、この番号をわすれないようにすること。

　日本では、サインのかわりに、印鑑を使います。自分の印鑑を作りましょう。

生活知識

　暗碼是四位數字。不可告訴他人。并且這個號碼得牢記。

　在日本，使用印章代替簽字。最好準備自己的印章。

銀行	インハン	銀行(ぎんこう)
帳戶	ヅァンフー	口座(こうざ)
撥入	ボーズー	振込(ふりこみ)
銀行帳號	インハン　ヅァンハウ	口座番号(こうざばんごう)
存款	ツウェンコアン	預け入れ(あずけいれ)
匯款	ホエイコアン	送金する(そうきんする)
提款	ティーコアン	引出し(ひきだし)
余額	ユイオー	残高(ざんだか)
現金	シエンヂン	現金(げんきん)
支票	ツーピャウ	小切手(こぎって)
鈔票	ツァウピャウ	紙幣(しへい)
硬幣	インビー	硬貨(こうか)
旅行支票	リュイシン　ツーピャウ	トラベラーズチェック
帳簿	ヅァンブー	預金通帳(よきんつうちょう)
提款卡	ティーコアンカー	キャッシュカード
圖章	トゥーヅァン	印鑑(いんかん)
帳簿付款	ヅァンブー　フゥーコアン	口座自動引き落とし(こうざじどうひきおとし)
瓦斯費	ワースーフェイ	ガス料金(がすりょうきん)
電費	ディエンフェイ	電気料金(でんきりょうきん)
公用事業費	グンユン　スーイエ　フェイ	公共料金(こうきょうりょうきん)
基本使用費	ヂーベン　スーユン　フェイ	基本料金(きほんりょうきん)
分店	フェンディエン	支店(してん)
手續費	ソウシュイフェイ	手数料(てすうりょう)

18.自助洗衣機的使用法

ツー ツー シー イー ヂー デ スー ユン ファー

18-1 林 美 蓮：對 不 起, 請 告 訴 我 自 助 洗 衣
リン メイ リェン ドゥエイ ブ チー、 チン ガウ スー ウォ ツー ツー シー イー

機 的 使 用 法。
ヂー デ スー ユン ー ファー。

18-2 大 學 生：請 先 放 入 換 洗 衣 物 和 洗 衣
ダー シュエ セン チン シェン ファン ズー ホアン シー イー ウー ハン シー イー

粉。然 後 把 一 百 元 硬 幣 投 入
フェン。 ザン ホウ バー イー バイ ユエン イン ビー トゥ ズー

這 兒 就 行 了。
ツォー ヂョウ シン ラ。

之 後 就 會 自 動 洗 衣 跟 脫 水。
ツー ホウ ヂョウ ホエイ ツードゥン シー イー ゲン トゥオ ソエイ。

18-3 林 美 蓮：要 花 多 久 時 間？
リン メイ リェン ヤウ ホア ドゥオ ヂョウ スー ヂエン？

18. コイン ランドリー の 使い方

18-1 林 美 蓮：すみません、コイン ランドリーの
　　　　　　　使い方を教えてください。
18-2 大 学 生：洗濯物と洗剤をまずいれてください。
　　　　　　　そして１００円玉をここにいれれば
　　　　　　　いいんですよ。
　　　　　　　あとは自動的に洗濯と脱水を
　　　　　　　してくれます。
18-3 林 美 蓮：時間はどれくらいかかりますか。

18-4 大 學 生：大 約 三 十 分 鐘。

如 想 烘 乾 衣 服，

可 以 使 用 這 個 烘 乾 機。

把 衣 物 放 入 這 裡，

投 進 一 百 元 硬 幣 就 會 開 始

轉 動。

大 約 要 花 十 五 分 鐘 左 右。

18-5 林 美 蓮：謝 謝 你 教 我 那 麼 多。

18-4　大学生：だいたい３０分です。

　　　　　　もしも洗濯物をかわかしたいなら、

　　　　　　この乾燥機を使うといいですよ。

　　　　　　洗濯物をここにいれて、

　　　　　　１００円玉をいれれば動き始めます。

　　　　　　だいたい１５分ぐらいかかります。

18-5　林美蓮：いろいろご親切にありがとう

　　　　　　ございました。

背景知識

コインランドリーは係員が
いません。自分で洗濯機や
乾燥機を使わなくては
いけません。

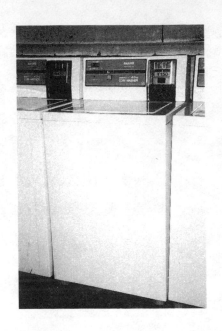

生活知識

自助洗衣店沒有店員。
一定要親自使用洗衣機或
烘乾機。

関連語 相關語

日用品	ズーユンピン	日用品(にちようひん)
夾子	ヂアヅ	洗濯ばさみ(せんたくばさみ)
洗衣粉	シーイーフェン	洗剤(せんざい)
漿	ヂアン	のりづけ
洗涮	シーソア	すすぎ

材料的性質	ツァイリャウ デ シンヅー	材質(ざいしつ)
布料	ブーリャウ	布(ぬの)
棉布	ミエンブー	木綿(もめん)
綢	ツォウ	絹(きぬ)
麻布	マーブー	麻(あさ)
毛料	マウリャウ	毛(け)
尼龍	ニールン	ナイロン
皮革	ビーゴー	革(かわ)

衣服	イーフウー	衣類(いるい)
襯衫	ツェンサン	ワイシャツ
褲子	クーヅ	ズボン
夾克	ヂアコー	ジャケット
西裝	シーヅォアン	スーツ
大衣	ダーイー	コート
連衣裙	リェンイーチュン	ワンピース
女襯衫	ニュイツェンサン	ブラウス
毛衣	マウイー	セーター
開襟毛衣	カイヂン マウイー	カーデガン
背心	ベイシン	ベスト
牛仔褲	ニョウヅァイクー	ジーパン
工作服	グンヅオフウー	作業服(さぎょうふく)
內衣	ネイイー	下着(したぎ)
絲襪	スーワー	ストッキング
奶罩	ナイヅァウ	ブラジャー
手帕	ソウパー	ハンカチ
襪子	ワーヅ	靴下(くつした)
皮帶	ビーダイ	ベルト
皮鞋	ビーシエ	靴(くつ)
網球	ワンチョウ	テニス
靴子	シュエヅ	長靴(ながぐつ)
草鞋	ツァウシエ	草履(ぞうり)

19.在大眾澡堂
ヅァイ ダー ヅゥン ヅァウ タン

陳志昌先生和修文去澡堂。
ツェンヅーツァンシェンセンハンショウウェンチュイヅァウタン。

19-1 老　板　娘：歡迎光臨！
ラウ　バン　ニャン　ホアン イン ゴアン リン！

19-2 陳　志　昌：你好！我和我兒子要洗澡。
ツェン　ヅー　ツァン　ニー　ハウ！ウォー ハン．ウォー オー ヅ ヤウ シー ヅァウ。
多少錢？
ドゥオ サオ チエン？

19-3 老　板　娘：修文是小學生吧？
ラウ　バン　ニャン　ショウ ウェン スー シャウ シュエ セン　バ？

19-4 陳　修　文：是的！
ツェン ショウ ウェン：スー　デ！

19-5 老　板　娘：大人三百一，
ラウ　バン　ニャン　ダー　ゼン サン バイ イー、
小學生一百二，
シャウ シュエ セン イー バイ オー、
總共四百三十塊。
ヅン グン スー バイ サン スー コアイ。

19-6 陳　志　昌：給你五百塊。
ツェン　ヅー　ツァン　ゲイ　ニー　ウー　バイ コアイ。

19. 銭湯 で

陳　志昌さんと陳　修文君が、銭湯に行きます。

19-1　おかみさん：　いらっしゃいませ。

19-2　陳　志呂　：　こんばんは。
　　　　　　　　　　　息子とわたしがお風呂に入ります。
　　　　　　　　　　　おいくらですか。

19-3　おかみさん：　陳　修文君は小学生ですね。

19-4　陳　修文　：　はい、そうです。

19-5　おかみさん：　おとな３１０円、小学生
　　　　　　　　　　　１２０円ですから、全部で
　　　　　　　　　　　４３０円になります。

19-6　陳　志昌　：　５００円でお願いします。

19-7 老 板 娘：找你七十塊。
ラウ パン ニャン ヅァウニー チー スー コアイ。

三 十 分 鐘 之 後，陳 志 昌 先生 和 陳 修 文 洗 完 澡。倆 人 都
サンスーフェンヅゥンヅーホウ、ツェンヅーツァンシェンセンハンツェンショウウェンシーワンヅァウ。リア ゼン ドウ

穿 好 了 衣 服。
ツアンハウ ラ イー フゥー。

19-8 陳 志 昌：很 舒 服 的 熱 水。謝 謝！
ツェン ツー ツァン ヘン スー フゥー デ ゾー ソェイ。シエ シエ！

19-9 老 板 娘：謝 謝！
ラウ パン ニャン シエ シエ！

19-7 おかみさん： ７０円のおつりです。

３０分後、陳 志昌さんと陳 修 文 君がお風呂からでる。
二人とも着替えが終わる。

19-8 陳 志 昌 ： ああ、いい湯でした。

ありがとうございました。

19-9 おかみさん： ありがとうございました。

背景知識

　日本には公衆浴場があります。皆が決まりを守って、お風呂に入らなければいけないので、次のことは十分注意すること。

●お風呂で洗濯をしないこと。

●浴槽の中で体をタオルなどで洗わないこと。

●パンツをはいてはいらないこと。

生活知識

　　　日本有大衆澡堂。每一個人需要遵守規則洗澡，下列事項要特別留心。

　　　●不可在澡堂洗衣。

　　　●不可在浴池裡面用毛巾等洗身體。

　　　●不可穿著內衣洗澡。

関連語　<ruby>関<rt>かん</rt></ruby><ruby>連<rt>れん</rt></ruby><ruby>語<rt>ご</rt></ruby>　相關語

日用品	ズーユンピン	日用品(にちようひん)
櫥櫃	ツーゴェイ	ロッカー
海棉	ハイミエン	スポンジ
潤絲精	ズゥエンスーヂン	リンス
洗髮精	シーファーヂン	シャンプー
更衣室	ゲンイースオ	脱衣所(だついじょ)
男用池	ナンユンツー	男湯(おとこゆ)
女用池	ニュイユンツー	女湯(おんなゆ)
入門費	ズーメンフェイ	入場料(にゅうじょうりょう)
全票	チュアンピャウ	大人(おとな)
半票	バンピャウ	小人(こども)
洗盆	シーベン	バスタブ
脱衣服	トゥオ　イーフゥー	脱ぐ(ぬぐ)
穿衣服	ツゥアン　イーフゥー	着る(きる)

20. 在餐廳
ツァイツァンティン

陳志昌先生一家人在餐廳吃晚飯。
ツェンヅーツァンシェンセンイーヂア ゼンヅァイツァンティンツーワンファン

20-1 服務生：歡迎光臨！
フゥーウー　セン　ホアン イン ゴアン リン！

很不湊巧，現在客滿，
ヘン ブー ツォウ チャウ、シェン ヅァイ コー　マン、

請坐在這兒稍等一會兒。
チン ヅオ ヅァイ ヅォー サオ デン イー　ホエイ。

十五分鐘後，服務生引導。
スーウーフェンヅゥンホウ、フゥーウー セン イン ダウ。

20-2 服務生：讓你們久等了。
フゥーウー　セン　ザン ニー メン ヂョウ デン　ラ。

我引你們入座。
ウォー イン ニー メン ズー ヅオ。

20-3 陳志昌：好！
ツェン ヅー ツァン ハウ！

20-4 服務生：有幾位呢？
フゥー ウー セン ヨウ ヂー ウェイ ネ？

20-5 陳志昌：四位。
ツェン ヅー ツァン スー ウェイ。

20-6 服務生：那請坐這邊的桌子。
フゥー ウー セン ナー チン ヅオ ヅェイ ビエン デ ヅオ ツ

20. ファミリー レストラン で

陳　志　昌さん一家が、ファミリー レストランで夕食を食べます。

20-1　ウエイター：　いらっしゃいませ。

　　　　　　　　　　あいにく、今、満席ですので、しばらく

　　　　　　　　　　ここに腰掛けておまちください。

15分後、ウエイターが案内する。

20-2　ウエイター：　おまたせしました。

　　　　　　　　　　ご案内します。

20-3　陳　志　昌　：　はい。

20-4　ウエイター：　何名さまですか。

20-5　陳　志　昌　：　4名です。

20-6　ウエイター：　では、こちらのテーブルにおかけ

　　　　　　　　　　ください。

服務生拿毛巾、水和菜單過來。陳志昌、林美蓮、陳修
フゥーウーセン ナーマウ ヂン、ソェイ ハン ツァイダン グオライ。ツェンヅーツァン、リンメイリェン、ツェンショウ

明、陳修文看了菜單之後各自決定菜名。
ミン、ツェンショウウェンカンラ ツァイダン ヅー ホウ ゴーヅー ヂュエディンツァイミン。

20-7 服　務　生：決定了沒有？
フゥー　ウー　セン　ヂュエディン ラ　メイ　ヨウ？

20-8 林　美　蓮：漢堡特餐兩客,外加果汁兩
リン　メイ　リェン　ハン バウ トー ツァン リャン コー、ワイ ヂア グオ ヅー リャン

瓶。再來是炸蝦特餐、
ピン。ツァイ ライ スー ヅァー シア トー ツァン、

豬排特餐各一客,
ヅー パイ トー ツァン ゴー イー コー、

請來一瓶啤酒。
チン ライ イー ピン ピー ヂョウ。

20-9 服　務　生：我來重複一下。
フゥー　ウー　セン　ウォー ライ ツン フゥー イー シア。

漢堡特餐兩客、炸蝦特餐一
ハン バウ トー ツァン リャン コー、ヅァー シア トー ツァン イー

客、豬排特餐一客、啤酒一
コー、　ヅー パイ トー ツァン イー コー、　ピー ヂョウ イー

瓶、果汁兩瓶。
ピン、　グオ ヅー リャン ピン。

以上這些就好了嗎？
イー サン ヅェイ シエ ヂョウ ハウ ラ　マ？

20-10 林　美　蓮：是的。
リン　メイ　リェン　スー　デ。

20-11 服　務　生：請稍等！
フゥー　ウー　セン　チン サオ デン！

ウエイターがおしぼり、水そしてメニューをもってくる。

陳志昌さん、林美蓮さん、陳修文君、陳修明君が、

メニューを見て、それぞれ食べるものを決める。

20-7　ウエイター：　ご注文は決まりましたか。

20-8　林美蓮　：　ハンバーグ定食をふたつ、それに

　　　　　　　　　ジュースを二本。あと、エビフライ

　　　　　　　　　定食とトンカツ定食をひとつずつ、

　　　　　　　　　ビールを一本お願いします。

20-9　ウエイター：　ご注文を確認させていただきます。

　　　　　　　　　ハンバーグ定食ふたつ、エビフライ

　　　　　　　　　定食ひとつ、トンカツ定食ひとつ、

　　　　　　　　　ビール一本、ジュース二本。

　　　　　　　　　以上でよろしいですか。

20-10　林美蓮　：　はい。

20-11　ウエイター：　しばらくお待ちください。

背景知識

　お勘定は、たいていは食事を終えて、帰る時に支払いますが、あらかじめ食券を買って最初に支払う場合もあります。

生活知識

　　結賬通常是用餐之後，回家時付錢。但是也有的是先付錢買餐券。

関連語　　相關語		

餐廳	ツァンティン	レストラン
中國菜	ツングオツァイ	中華料理(ちゅうかりょうり)
壽司	ソウスー	すし
生魚片	センユイピエン	刺身(さしみ)
軟炸蝦	ゾアンツァーシア	天ぷら(てんぷら)
喬麥麵	チャウマイミエン	そば
烏龍麵	ウールンミエン	うどん
烤雞	カウヂー	焼き鳥(やきとり)
烤魚	カウユイ	焼魚(やきざかな)
炸豬排	ツァーツーパイ	とんかつ
米飯	ミーファン	御飯(ごはん)
味噌湯	ミーソータン	みそ汁(みそしる)
咖喱飯	カーリーファン	カレーライス
三明治	サンミンツー	サンドイッチ
漢堡	ハンバウ	ハンバーグ
意大利餡餅	イーダーリーシエンピン	ピザ

牛排	ニョウバイ	ステーキ
湯	タン	スープ
毎日特餐	メイズー　トーツァン	日替定食(ひがわりていしょく)
早餐	ヅァウツァン	朝貳(ちょうしょく)
午餐	ウーツァン	昼食(ちゅうしょく)
晩餐	ワンツァン	夕食(ゆうしょく)
宵夜	シャウイエ	夜食(やしょく)
鹽	イエン	塩(しお)
糖	タン	砂糖(さとう)
鮮奶	シエンナイ	ミルク
檸檬	ニンメン	レモン
紅茶	フンツァー	紅茶(こうちゃ)
咖啡	カーフェイ	コーヒー
果汁	グオツー	ジュース
冰水	ビンシェイ	水(みず)
茶	ツァー	お茶(おちゃ)
開水	カイシェイ	湯(ゆ)
啤酒	ビーヂョウ	ビール
生啤酒	センビーヂョウ	生ビール(なまびーる)
威士忌酒	ウェイスーヂーヂョウ	ウイスキー
雞尾酒	ヂーウェイヂョウ	カクテル
菜單	ツァイダン	メニュー
煙灰缸	イエンホエイガン	灰皿(はいざら)
刀子	ヅウツ	ナイフ
湯匙	タンツー	スプーン
玻璃杯	ボーリーベイ	グラス;コップ
衛生筷	ウェイセンコアイ	割り箸(わりばし)
盤子	バンヅ	皿(さら)
飯碗	ファンワン	茶碗(ちゃわん)
大碗	ダーワン	どんぶり
咖啡店	カーフェイティエン	喫茶店(きっさてん)
食堂	スータン	食堂(しょくどう)
服務生	フゥーウーセン	ウエイター
服務小姐	フゥーウーシャウヂエ	ウエイトレス
空位	クンウェイ	空席(くうせき)
引導	インダウ	案内(あんない)
味道	**ウェイダウ**	**味(あじ)**
好吃	ハウツー	おいしい
難吃	ナンツー	まずい
甜	ティエン	甘い(あまい)
辣	ラー	辛い(からい)
苦	クー	にがい

21.在理髮店
ヅァイ リー ファー ディエン

陳志昌去理髮。
ツェンヅーツァンチュイリーファーディエン。

21-1 陳 志 昌：我 要 理 髮。
ツェン ヅー ツァン ウォーヤウ リー ファー。

21-2 理 髮 師：你 得 等 三 十 分 鐘 才 行 的。
リー ファー スー ニー デイ デン サン スー フェン ヅゥン ツァイシン デ。

21-3 陳 志 昌：知 道 了。
ツェン ヅー ツァン ヅー ダウ ラ。

過 了 三 十 分 鐘，輪 到 陳 志 昌 先 生。
グオラ サン スー フェンヅゥン、ルエンダウ ツェンヅーツァンシェンセン。

21-4 理 髮 師：讓 你 久 等 了。
リー ファー スー ザン ニー ヂョウ デン ラ。
要 剪 什 麼 髮 型？
ヤウ ヂエンセン モ ファーシン？

21-5 陳 志 昌：跟 現 在 一 樣，請 再 剪 短 些。
ツェン ヅー ツァン ゲン シェンヅァイイー ヤン、チン ヅァイ ヂエンドアン シエ。

21-6 理 髮 師：明 白 了。
リー ファー スー ミン バイ ラ。

21. 床屋で

陳志昌さんが散髪に行きます。

21-1 陳志昌：散髪をおねがいします。

21-2 床屋：３０分ぐらい待っていただかないと
いけませんが。

21-3 陳志昌：わかりました。

３０分して、陳志昌さんの順番がくる。

21-4 床屋：おまたせしました。
どのように刈りましょうか。

21-5 陳志昌：今のような髪形で、短かめにして
ください。

21-6 床屋：わかりました。

理完髮。
リー ワン ファー。

21-7 理 髮 師：剪 好 了。
リー ファー スー ヂエン ハウ ラ。

21-8 陳 志 昌：多 少 錢？
ツェン ヅー ツァン ドゥオ サオ チエン？

21-9 理 髮 師：三 千 三。
リー ファー スー サン チエン サン。

陳 志 昌 先 生 付 了 錢。
ツェンヅーツァンシェンセンフゥーラチエン。

21-10 理 髮 師：多 謝 了！
リー ファー スー ドゥオ シエ ラ！

<ruby>散<rt>さん</rt></ruby><ruby>髪<rt>ぱつ</rt></ruby> が おわる。

21-7　<ruby>床<rt>とこ</rt></ruby>　<ruby>屋<rt>や</rt></ruby> おまちどうさまでした

21-8　<ruby>陳<rt>ツェン</rt></ruby> <ruby>志<rt>ヅー</rt></ruby> <ruby>昌<rt>ツァン</rt></ruby>：おいくらですか。

21-9　<ruby>床<rt>とこ</rt></ruby>　<ruby>屋<rt>や</rt></ruby>：３，３００<ruby>円<rt>えん</rt></ruby>です。

<ruby>陳<rt>ツェン</rt></ruby> <ruby>志<rt>ヅー</rt></ruby> <ruby>昌<rt>ツァン</rt></ruby>さんお<ruby>金<rt>かね</rt></ruby>をはらう。

21-10　<ruby>床<rt>とこ</rt></ruby>　<ruby>屋<rt>や</rt></ruby>：どうもありがとうございました。

背景知識

　　床屋での散髪は順番をまたなくては
いけません。あらかじめ予約できる床屋さんも
あります。床屋さんは髪を切り、ひげをそり、
頭を洗ってかわかしてくれます。値段は大人で
3,300円から3,500円、高校生で
2,800円程度（いずれも洗髪をふくむ）、
小学生で2,000円、中学生2,300円
（いずれも洗髪をふくまない）程度です。

（1992年現在）

生活知識

　　在理髮店理髮時，需得按先後排隊等待。也有
可以事先預約的理髮店。理髮師會幫你剪髮，刮鬍
子、洗頭。價格是大人3,300元至3,500元，高中生是
2,800元左右〔都包括洗髮〕，小學生是2,000元，中
學生是2,300元左右〔都不包括洗髮〕。
〔1992年的行情〕

理髪店	リファーディエン	床屋（とこや）
理髪推剪	リファー　トゥエイヂエン	バリカン
剃刀	ティダウ	剃刀(かみそり)
梳子	スーズ	くし
刮鬍刀	ゴアフーダウ	ヒゲソリ
肥皂	フェイヅァウ	石けん(せっけん)
梳頭	スートウ	ブラッシング
眼影	イエンイン	アイシャドー
雪花膏	シュホアガウ	クリーム
洗髪精	シーファーヂン	シャンプー
鬍子	フーヅ	口ひげ(くちひげ)
口紅	コウフン	口紅(くちべに)
指甲油	ツーヂアヨウ	マニキュア
剪短	ヂエン　ドアン	短くカットする(みじかくかっとする)
古龍水	グールンツェイ	オーデコロン
燙髪	タンファー	パーマ
剪平	ヂエン　ビン	そろえる
髪用膠水	ファユン　ヂャウツェイ	ヘアースプレー
化妝水	ホアヅァンツェイ	メキンローション

22.在美容院
ヅァイ メイ ズン ユエン

22-1 美 容 師:歡 迎 光 臨！變 熱 了。
メイ ズン スー ホアン イン ゴアン リン！ビエン ゾー ラ。
今 天 要 如 何 呢？
ヂン ティエン ヤウ ズー ホー ネ？

22-2 林 美 蓮:天 氣 熱 了，請 幫 我 剪 短。
リン メイ リェン ティエン チー ゾー ラ、 チン バン ウォー ヂエンドアン。

22-3 美 容 師:只 要 剪 呢，
メイ ズン スー ヅー ヤウ ヂエン ネ、
還 是 也 加 燙 髮 呢？
ハイ スー イエ ヂア タン ファー ネ？

22-4 林 美 蓮:只 要 剪 就 行 了。
リン メイ リェン ヅー ヤウ ヂエン ヂョウ シン ラ。

22-5 美 容 師:要 剪 什 麼 樣 子？
メイ ズン スー ヤウ ヂエン セン モ ヤン ツ？
剪 幾 公 分 呢？
ヂエン ヂー グン フェン ネ？

22-6 林 美 蓮:三 公 分 左 右。
リン メイ リェン サン グン フェン ヅオ ヨウ。

22-7 美 容 師:明 白 了。
メイ ズン スー ミン バイ ラ。
要 洗 頭 嗎？
ヤウ シー トウ マ？

22. 美容院 で

22-1 美容師：いらっしゃいませ、暑くなりましたね。
　　　　　　今日は、どのようになさいますか。

22-2 林美蓮：暑いですから、短くしてください。

22-3 美容師：カットだけにしますか、パーマも
　　　　　　かけますか。

22-4 林美蓮：カットだけにします。

22-5 美容師：どのように、しましょうか。
　　　　　　何センチぐらい、カットしますか。

22-6 林美蓮：3センチぐらい。

22-7 美容師：わかりました。シャンプーは、どう
　　　　　　なさいますか。

22-8 林　美　蓮：洗髮要多少呢？
リン　メイ　リェン　シー ファー ヤウ ドゥオ サオ ネ？

22-9 美　容　師：剪髮費增加五百塊。
メイ　ズン　スー　ヂェンファー フェイ ヅェンヂア ウー バイ コアイ。

22-10 林　美　蓮：那拜託了。
リン　メイ　リェン　ナー バイ トゥオ ラ。

22-11 美　容　師：好的。那麼先剪髮再洗頭。
メイ　ズン　スー　ハウ デ。 ナー モ シェン ヂェン ファー ヅァイ シー トウ。

剪後，照鏡。
ヂェンホウ、ヅァウヂン。

22-12 美　容　師：這個長度如何呢？
メイ　ズン　スー　ヅェイ ゴ ツァンドゥー ズー ホー ネ？

22-13 林　美　蓮：剛好。行了！
リン　メイ　リェン　ガン ハウ。 シン ラ！

22-8　林美蓮：シャンプーは、いくらですか。

22-9　美容師：カット料金に、５００円増しです。

22-10　林美蓮：お願いします。

22-11　美容師：はい。それでは、カットだけをして、
　　　　　　　　そしてシャンプーをします。

カット後、鏡を見て。

22-12　美容師：これくらいの長さで、いかがですか。

22-13　林美蓮：ちょうど良いです。けっこうです。

背景知識

　美容院には、カット、パーマ、また、セットをしに行きます。パーマは、パーマネント　ウエーブ　のこと　ですが、日本語では髪にパーマをかけると言います。シャンプーがつきます。

セットは、髪の形を、いろいろなふうに作ります。パーティーや式に出席する時など、美容院で整えてもらいます。

ヘアセット、または、髪をウエーブセットすることです。

値段は、美容院の技術と髪の形によって違います。

カット　　3,000円～4,000円ぐらい

パーマ　　5,000円～6,000円ぐらい

生活知識

美容院是幫人剪髪、燙髪、吹髪的地方。燙髪就是英語的 PERMANENT　WAVE 的意思。日文則說在頭髪加燙。附洗髪。吹髪是用各種方法作髪型。參加晚會或重要場合時，去美容院給打扮一番。就是作頭髪或是把頭髪作波浪狀。價格會因美容院的技術和髪型而有異。

剪髪　　　3,000元～4,000元左右

燙髪　　　5,000元～6,000元左右

２３．在藥店

ツァイ ヤウ ディエン

陳志昌先生在街上的藥店買藥。
ツェンヅーツァンシェンセンヅァイヂエサン デヤウ ディエン マイヤウ。

23-1 陳 志 昌：對 不 起，我 要 感 冒 藥。
ツェン ヅー ツァン ドゥエイブ チー、ウォー ヤウ ガン マウ ヤウ。

23-2 藥 劑 師：有 什 麼 癥 狀 呢？
ヤウ ヂー スー ヨウ セン モ ヅェンヅアン ネ？

23-3 陳 志 昌：咳 嗽 咳 得 很 屬 害，
ツェン ヅー ツァン コー ソウ コー デ ヘン リー ハイ、

喉 嚨 發 痛。
ホウ ルン ファー トゥン。

23-4 藥 劑 師：發 燒 嗎？
ヤウ ヂー スー ファー サウ マ？

23-5 陳 志 昌：三 十 七 度 半。
ツェン ヅー ツァン サン スー チー ドゥー バン。

23-6 藥 劑 師：請 在 早 上 和 睡 前 吃 一 粒 這
ヤウ ヂー スー チン ヅァイ ヅァウ サン ハン ソェイ チェン ツー イー リー ヅェイ

個。
ゴ。

23. 薬局 で

陳 志 昌さんが町の薬 局で薬 をかいます。

23-1　陳 志 昌：すみません。

　　　　　　　　　風邪薬 がほしいのですが。

23-2　薬 剤 師：どんな症 状 ですか。

23-3　陳 志 昌：せきがひどく、のどがいたいのです。

23-4　薬 剤 師：熱はありますか。

23-5　陳 志 昌：３７度５分です。

23-6　薬 剤 師：これを朝と寝る前に１カプセルずつ

　　　　　　　　　のんでください。

23-7　陳　志　昌：多 少 錢？
ツェン　ツー　ツァン　ドゥオ サオ チエン？

23-8　藥　劑　師：一 千 二。
ヤウ　ヂー　スー　イー チエン オー。

23-9　陳　志　昌：謝 謝。
ツェン　ツー　ツァン　シエ シエ。

23-7 陳志昌：おいくらですか。

23-8 薬剤師：1,200円です。

23-9 陳志昌：ありがとうございました。

背景知識

日本では薬局で薬がかえます。薬には飲みかたについての説明書がついていますが、日本語で書かれているので、お店の人に飲み方をきいた方がよいでしょう。また、薬局には、洗剤、化粧品、ティッシュペーパーなども売っています。

生活知識

日本在藥店可以買藥。藥裡面附有飲用法的說明書。因爲說明書是用日語寫著的，所以最好詢問藥店的人有關飲用法。還有，藥店也賣洗衣粉、化妝品、面紙之類的東西。

かんれんご

薬局	ヤウディエン	薬局（やっきょく）
阿司匹霊	アースーピーリン	アスピリン
膠布	チャウブー	バンドエイド
維他命	ウェイターミン	ビタミン
鈣質	ガイツー	カルシウム
感冒薬	ガンマウヤウ	風邪薬（かぜぐすり）
濕敷	スーフウー	湿布（しっぷ）
飯後	ファンホウ	食後（しょくご）
飯前	ファンチエン	食前（しょくぜん）
消毒	シャウドゥー	消毒する（しょうどくする）
抗生素	カンセンスー	抗生物質（こうせいぶっしつ）
保嶮套	バウシエンタウ	コンドーム
薬片	ヤウピエン	錠剤（じょうざい）
服用	ノゥーユン	服用する（ふくようする）
副作用	フゥーヅオユン	副作用（ふくさよう）
遮眼罩	ツォーイエンヅァウ	眼帯（がんたい）
紗布	サーブー	ガーゼ
退燒薬	トゥエイサウヤウ	解熱剤（げねつざい）
止瀉薬	ツーシエヤウ	下痢止め（げりどめ）
止痛薬	ツートゥンヤウ	痛み止め（いたみどめ）
胃腸薬	ウェイツァンヤウ	胃腸薬（いちょうやく）
眼薬	イエンヤウ	目薬（めぐすり）
避孕薬	ビーユンヤウ	避妊薬（ひにんやく）
軟膏	ゾアンガウ	軟膏（なんこう）
一粒	イーリー	1粒（ひとつぶ）
繃帶	ベンダイ	包帯（ほうたい）
衛生綿	ウェイセンミエン	生理用ナプキン（せいりようなぷきん）
止咳薬	ツーコーヤウ	咳止め（せきどめ）
安眠薬	アンミエンヤウ	睡眠薬（すいみんやく）
體溫表	ティーウェンビャウ	体温計（たいおんけい）
鎮靜薬	ツェンチンヤウ	鎮静剤（ちんせいざい）
頭痛薬	トウトゥンヤウ	頭痛薬（ずつうやく）
喉片	ホウピエン	トローチ
使用法	スーユンファー	用法（ようほう）

24．在醫院（I）
ヅァイ イー　ユエン

牙醫
ヤー イー

林美蓮女士牙疼，去看牙醫。
リンメイリェン ニュイスー ヤーテン、チュイカン ヤー イー。

24-1 林　美　蓮：喂，是伊藤牙醫醫院嗎？
リン　メイ　リェン　オエー、スー イー テン ヤー イー イー ユエン　マ？
　　　　　　　　　牙疼，想讓醫生看。
　　　　　　　　　ヤー　テン、シアン ザン イー セン カン。

24-2 護　　　　士：今天下午四點怎麼樣？
フー　　　　スー　ヂン ティエン シア ウー スー ディエン ヅェン モ ヤン？

24-3 林　美　蓮：知道了。
リン　メイ　リェン　ヅー ダウ ラ。

林美蓮女士四點去看牙醫。
リンメイリェンニュイスースーディエンチュイカンヤーイー。

24-4 護　　　　士：林女士請進！
フー　　　　スー　リン ニュイ スー チン ヂン！

24-5 牙　醫　師：怎麼了？
ヤー　イー　スー　ヅェン モ ラ？

24-6 林　美　蓮：牙齒突然發疼。
リン　メイ　リェン　ヤー ツー トゥー ザン ファー テン。

24. 病院 で （Ⅰ）

歯医者

林美蓮 さんは歯がいたみだし、歯医者にいく。

24-1 林美蓮：もしもし、伊藤歯科医院ですか。
歯がいたみだしたので、診察して
もらいたいのですが。

24-2 看護婦：きょうの午後4時ではどうですか。

24-3 林美蓮：わかりました。

林美蓮 さんは4時に歯医者にいく。

24-4 看護婦：林美蓮さんおはいりください。

24-5 歯医者：どうしましたか。

24-6 林美蓮：歯が急にいたみだしました。

24-7 牙 醫 師：請把嘴張開讓我看牙齒。
ヤー イー スー　チン バー ヅェイ ヅァン カイ ザン ウォー カン ヤー ツー。
　　　　　　　是蛀牙呢。
　　　　　　　スー ツー ヤー ネ。

牙醫師治療牙齒。
ヤーイースー ヅーリャウヤーツー。

24-8 牙 醫 師：兩天後請再來。
ヤー イー スー　リャンティエン ホウ チン ヅァイ ライ。

24-9 護 　　 士：幾點好呢？
フー 　　 スー　ヂー ディエン ハウ ネ？

24-10 林 美 蓮：請安排在十點。
リン メイ リェン　チン アン バイ ヅァイ スー ディエン。

24-11 護 　　 士：知道了，多保重！
フー 　　 スー　ツー ダウ ラ、ドゥオ バウ ヅン！

24-7　歯医者：口を開いて歯を見せてください。
　　　　　　　　虫歯ですねえ。

歯医者が治療をする。

24-8　歯医者：2日後にまたきてください。

24-9　看護婦：何時がいいですか。

24-10　林美蓮：午前10時におねがいします。

24-11　看護婦：わかりました。おだいじに。

背景知識

　歯医者にかかる時は予約をしなくてはいけません。直接歯医者に電話して、行く時間を予約します。予約した時間にかならずいくようにしましょう。

生活知識

　去看牙醫時一定要先預約。直接打電話給醫院約定看病時間。請一定照約定時間去醫院。

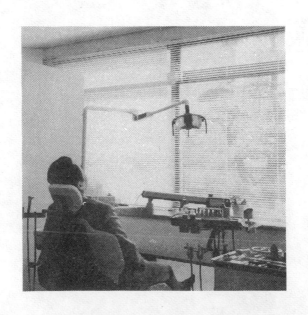

関連語　　相關語

牙醫	ヤーイー	歯医者（はいしゃ）
鑲	シアン	かぶせる
嚼	ヂャウ	かむ
牙石	ヤースー	歯石（しせき）
永久齒	ユンヂョウツー	永久歯（えいきゅうし）
牙周病	ヤーヅォウビン	歯槽膿漏（しそうのうろう）
麻醉	マーヅゥエイ	麻酔（ますい）
門牙	メンヤー	前歯（まえば）
拔	バー	抜く（ぬく）
奶牙	ナイヤー	乳歯（にゅうし）
臼齒	ヂョウツー	臼歯（おくば）
應急措施	インヂー　ツオスー	応急処置（おうきゅうしょち）
智齒	ツーツー　・	親知らず（おやしらず）
削	シャウ	けずる
牙刷	ヤーソア	歯ブラシ（はぶらし）
牙床	ヤーツォアン	歯茎（はぐき）
牙膏	ヤーガウ	歯磨き粉（はみがきこ）
膿	ヌン	うみ
化膿	ホアヌン	うむ

２５.在醫院（Ⅱ）
ツァイ イー ユエン

私人醫院"小兒科"
スー ゼン イーユエン「シャウ オー コー」

陳修明突然發燒，所以媽媽帶去醫院。
ツェンショウミントゥーザンファーサウ、スオイーマーマー ダイ チュイ イー ユエン。

25-1 林 美 蓮：請幫我看一下。
リン メイ リェン チン バン ウォー カン イー シア。

25-2 護 士：以前來過這個醫院沒有？
フー スー イー チエン ライ グオ ヅェイ ゴ イー ユエン メイ ヨウ？

25-3 林 美 蓮：沒有。
リン メイ リェン メイ ヨウ。

25-4 護 士：請在這紙上寫下住址、
フー スー チン ヅァイ ヅォー ツー サン シエ シア ツー ツー、

姓名、電話號碼。
シン ミン、ディエン ホア ハウ マー。

請拿出保險證。
チン ナー ツー バウ シエン ヅェン。

現在量體溫。
シェンヅァイ リャン ティーウェン。

稍候。
サウ ホウ。

25. 病院で（Ⅱ）

個人病院［小児科］

陳修明君（3才）が急に熱を出したので、おかあさんが
病院へ連れて行きます。

25-1　林美蓮：診察をお願いします。

25-2　看護婦：前にこの病院にかかられたことが
　　　　　　　ありますか。

25-3　林美蓮：ありません。

25-4　看護婦：この紙に住所、氏名、電話番号を
　　　　　　　お書きください。
　　　　　　　保険証を出してください。
　　　　　　　それでは、熱をはかってください。

しばらくして。

25-5　林　美　蓮：三十八度。
　　　　リン　メイ　リェン　　サン　スー　バー　ドゥー。

25-6　護　　　士：修明請進！
　　　　フー　　　　スー　　ショウ ミン　チン　ヂン！

25-7　醫　　　生：怎麼了？
　　　　イー　　　　セン　　ヅェン モ　ラ？

25-8　林　美　蓮：昨天開始不舒服,瀉肚子。
　　　　リン　メイ　リェン　ヅオ ティエン カイ スー ブー スー フゥー、シエ ドゥー　ツ。
　　　　　　　　　　今天早上發燒了。
　　　　　　　　　　ヂン ティエン ヅァウ サン ファー サウ　ラ。

25-9　醫　　　生：請把他的衣服脫下。
　　　　イー　　　　セン　　チン　バー　ター　デ　イー　フゥー トゥオ シア。

診察。
ヅェン ツァー

25-10　醫　　　生：是感冒。
　　　　イー　　　　セン　　スー　ガン　マウ。
　　　　　　　　　　給你開退燒藥和止瀉藥。
　　　　　　　　　　ゲイ ニー カイ トェイ サウ ヤウ ハン ヅー シエ ヤウ。
　　　　　　　　　　體重有多重呢？
　　　　　　　　　　ティー ヅン ヨウ ドゥオ ヅン　ネ？

25-11　林　美　蓮：十八公斤。可以洗澡嗎？
　　　　リン　メイ　リェン　スー　バー　グン　ヂン。 コー　イー　シー　ヅァウ　マ？

25-12　醫　　　生：今天請暫停。
　　　　イー　　　　セン　　ヂン ティエン チン ヅァン ティン。

25-5　林 美 蓮：３８度です。

25-6　看 護 婦：陳 修 明君お入りください。

25-7　医　　者：どうしましたか。

25-8　林 美 蓮：きのうから体の調子が悪く、下痢を
　　　　　　　　しています。今朝は熱がありました。

25-9　医　　者：服をぬがせてください。

診察する。

25-10　医　　者：風邪です。
　　　　　　　　熱をさげる薬と下痢をとめる薬を
　　　　　　　　だしておきます。体重は何キロですか。

25-11　林 美 蓮：１８キロです。
　　　　　　　　お風呂にいれてもいいですか。

25-12　医　　者：きょうはやめておいてください。

25-13 林 美 蓮：多 謝 您 了！
リン メイ リェン ドゥオ シエ ニン ラ！

在 候 診 室 等 被 叫 名 字。　　·
ヅァイホウヅェンスーデンベイヂャウミンツー。

25-14 護　　　士：藥 是 飯 後 吃。
　　　フー　　　スー ヤウ スー ファン ホウ ツー。
　　　　　　　這 個 藥 照 著 這 刻 度 給 他 吃。
　　　　　　　ヅェイ ゴ ヤウ ヅァウ ヅォ ヅォー コー ドゥー ゲイ ター ツー。
　　　　　　　一 千 二 百 塊 錢。
　　　　　　　イー チエン オー バイ コアイ チエン。

25-15 林 美 蓮：眞 謝 謝 您！
リン メイ リェン ヅェン シエ シエ ニン！

25-13 　林 美 蓮：どうもありがとうございました。

待合室で名前をよばれる。

25-14 　看 護 婦：薬は食事のあとに飲んでください。
　　　　　　　　この薬はこの目盛りにあわせて
　　　　　　　　飲んでください。
　　　　　　　　1,200円です。

25-15 　林 美 蓮：どうもありがとうございました。

背景知識

日本ではお医者さんにかかった
場合は、健康保険に入って
いれば、保険からそのかかった
費用がほとんどはらわれます。
わたしたちがはらうのは1割
から3割です。ただし、保険に
入っていないと全額
はらわなくてはいけません。

生活知識

在日本看醫生時，如果加入健
康保險的話，所花醫藥費用的大部
分將從保險扣除，我們負擔的是
醫藥費用的一成至三成左右。但
是，沒有加入保險的話則需要付
全款。

関連語　相關語

醫院	イーユエン	病院（びょういん）
關節炎	ゴアンヂエイエン	関節炎(かんせつえん)
過敏症	グオミンヅェン	アレルギー
病人	ビンゼン	患者(かんじゃ)
肩酸	ヂエンソアン	肩が凝る(かたがこる)
感冒	ガンマウ	風邪(かぜ)
濕敷	スーフゥー	湿布(しっぷ)
診察	ヅェンツァー	診察(しんさつ)
食物中毒	スーウー　ヅンドゥー	食あたり(しょくあたり)
小兒科	シャウオーコー	小児科(しょうにか)
藥方	ヤウファン	処方箋(しょほうせん)
生孩子	セン　ハイヅ	出産(しゅっさん)
出血	ツーシィT	出血(しゅっけつ)
開刀	カイダウ	手術(しゅじゅつ)
心跳	シンティアウ	動悸(どうき)
骨折	グーヅォー	骨折(こっせつ)
碰傷	ペンサン	打撲傷(だぼくしょう)
月經	ユエヂン	月経(げっけい)
月經不調	ユエヂン　ノーティアウ	月経不順(げっけいふじゅん)
胃炎	ウェイイエン	胃炎(いえん)
瀉肚	シエドゥー	下痢(げり)
胃潰瘍	ウェイコェイヤン	胃潰瘍(いかいよう)
流行性感冒	リョウシンシン　ガンマウ	インフルエンザ
流產	リョウツァン	流産(りゅうざん)
胃灼熱	ウェイヅオゾー	胸やけ(むねやけ)
扭傷	ニョウサン	ねんざ
懷孕	ホアイユン	妊娠(にんしん)
青春痘	チンヅェンドウ	にきび
暈車	ユンツォー	乗り物酔い(のりものよい)
住院	ヅーユエン	入院(にゅういん)
流行性腮腺炎	リョウシンシン　サイシエンイエン	おたふく風邪(おたふくかぜ)
健康保險	ヂエンカン　バウシエン	健康保険(けんこうほけん)
身體檢查	センティー　ヂエンツァー	健康診断(けんこうしんだん)
近視眼	ヂンスーイエン	近視(きんし)
麻疹	マーヅェン	はしか
蹭傷	ツェンサン	ひっかき傷(ひっかききず)
體溫表	ティーウェンビャウ	体温計(たいおんけい)
害喜	ハイシー	つわり
避孕藥	ビーユンヤウ	避妊薬(ひにんやく)
費用	フェイユン	費用(ひよう)
糖尿病	タンニャウビン	糖尿病(とうにょうびょう)
盲腸炎	マンツァンイエン	虫垂炎(ちゅうすいえん)

出生	ツーセン	生まれる(うまれる)
生小孩	セン シャウハイ	産む(うむ)
掛號處	ゴアハウツー	受付(うけつけ)
火傷	フオサン	やけど
喘息	ツォアンシー	ぜんそく
出汗	ツーハン	汗をかく(あせをかく)
脚脖子	ヂャウボーヅ	足首(あしくび)
靜養	ヂンヤン	安静(あんせい)
頭	トウ	頭(あたま)
臉浮腫	リエン フウーヅン	顔がむくむ(かおがむくむ)
臉色	リエンソー	顔色(かおいろ)
視力	スーリー	視力(しりょく)
肩膀	ヂエンバン	肩(かた)
痒	ヤン	かゆい
心臓	シンヅァン	心臓(しんぞう)
消毒	シャウドゥー	消毒(しょうどく)
出血	ツーシエ	出血(しゅっけつ)
小指頭	シャウヅートウ	小指(こゆび)
腿肚子	トゥエイドゥーヅ	ふくらはぎ
脖子	ボーヅ	首(くび)
噴嚏	ベンティー	くしゃみ
無名指	ウーミンツー	薬指(くすりゆび)
生痰	セン タン	たんがでる
副作用	フゥーツオユン	副作用(ふくさよう)
顫抖	ツァンドウ	ふるえる
發胖	ファーバン	太る(ふとる)
胃	ウェイ	胃(い)
眼睛	イエンヂン	目(め)
發暈	ファーユン	目まいがする(めまいがする)
耳朶	オードゥオ	耳(みみ)
耳鳴	オーミン	耳鳴り(みみなり)
起疱	チーバウ	水ぶくれ(みずぶくれ)
胸脯	シュンブー	胸(むね)
中指	ツンツー	中指(なかゆび)
内出血	ネイツーシエ	内出血(ないしゅっけつ)
額角	オーヂャウ	おでこ
肚子	ドゥーヅ	おなか
拇指	ムーツー	親指(おやゆび)
受傷	ソウサン	ケガをする
血壓	シュエヤー	血圧(けつあつ)
昏迷	フウエンミー	気を失う(きをうしなう)
肌肉	ヂーゾウ	筋肉(きんにく)
鼻子	ビーヅ	鼻(はな)
鼻子堵塞	ビーヅ ドゥーソー	鼻がつまる(はながつまる)
擤鼻涕	シン ビーティー	鼻をかむ(はなをかむ)
鼻血	ビーシエ	鼻血(はなじ)
肘	ヅォウ	肘(ひじ)

食指	スーヅー	人差し指(ひとさしゆび)
膝蓋	チーガイ	膝(ひざ)
發作	ファーヅオ	発作(ほっさ)
闌尾	ランウェイ	虫垂(ちゅうすい)
繃帯	ベンダイ	包帯(ほうたい)
脊背	ヂーベイ	背(せ)
咳嗽	コーソウ	せきをする
精神上的壓力	ヂンセンサン デ ヤーリー	ストレス
手脖子	ソウボーヅ	手首(てくび)
腸	ツァン	腸(ちょう)
腋下	イエシア	脇(わき)
薬局	ヤウヂュイ	薬局(やっきょく)
痩	ソウ	やせる

26.叫救護車
ヂャウ ヂョウ フー ツォー

陳修明騎腳踏車時，被車撞了。
ツェンショウミンチーヂャウターツォース一、ベイツォーヅオアンラ。

26-1 林 美 蓮：喂，請救護車過來。
リン メイ リェン オエー、チン ヂョウフー ツォー グオライ。

小孩被車撞了。
シャウ ハイ ベイツォーヅオアンラ。

26-2 消 防 隊：小孩現在的情況呢？
シャウ ファン ドゥエイ シャウ ハイ シェン ヅァイ デ チン コアン ネ？

26-3 林 美 蓮：腳似乎骨折了。痛得哭了。
リン メイ リェン ヂャウ スー フー グー ツォー ラ。トゥン デ クー ラ。

26-4 消 防 隊：請在原位別動，請鎮定一點。
シャウ ファン ドゥエイ チン ヅァイ ユエンウェイ ビエ ドゥン、チン ヅェンディン イー ディエン

告訴我地點和姓名。
ガウ スー ウォー ディー ディエン ハン シン ミン。

26-5 林 美 蓮：我叫林美蓮。地點是黎明小
リン メイ リェン ウォー ヂャウ リン メイ リェン。ディー ディエン スー リー ミン シャウ

學的正門前面的馬路。拜託
シュエ デ ヅェン メンチエン ミエン デ マー ルー。バイトゥオ

請快一點。
チン コアイ イー ディエン。

26-6 消 防 隊：明白了。
シャウ ファン ドゥエイ ミン バイ ラ。

26. 救急車をよぶ

陳修明君が自転車に乗っていて、車にはねられました。

26-1 林美蓮：もしもし、救急車をお願いします。
　　　　　　子供が車にはねられました。

26-2 消防署：子供はどんなようすですか。

26-3 林美蓮：足の骨を折ったようです。
　　　　　　いたがって泣いています。

26-4 消防署：そのままにしておいてください。
　　　　　　落ち着いて、場所と名前を言って
　　　　　　ください。

26-5 林美蓮：林美蓮といいます。場所はあかつき
　　　　　　小学校の正門の前の道路です。
　　　　　　はやくお願いします。

26-6 消防署：わかりました。

背景知識

警察の電話番号は１１０番、救急車は１１９番です。交通事故にあった場合は、車を運転していた人の名前、住所、電話番号、勤め先をかならず聞き、警察にも届けておきましょう。また、日本で車、バイクを運転する場合は、絶対に任意保険に入っておくべきです。

生活知識

警察的電話號碼是110，救護車是119。發生交通事故時，一定要問清楚開車人的名字、住址、電話號碼、工作處，最好也向警察報備。還有，在日本開車或開摩托車時，應該得先加入任意保險。

関連語　相關語

車禍	ツォーフオ	事故(じこ)
打電話	ダー ディエンホア	電話をかける(でんわをかける)
警察	ヂンツァー	警察(けいさつ)
交通事故	ヂャウトゥン スーグー	交通事故(こうつうじこ)
消防隊	シャウファンドゥエイ	消防(しょうぼう)
出血	ツーシエ	出血(しゅっけつ)
溺水	ニーソェイ	おぼれる
摔倒	ソアイダウ	ころぶ
搶劫	チアンジエ	強盗(ごうとう)
傷	サン	けが
打架	ダージア	けんかする
割傷	ゴーサン	切る(きる)
犯罪	ファンヅゥエイ	犯罪(はんざい)
殺人	サーゼン	殺人(さつじん)
倒	ダウ	たおれる
燒傷	サオサン	やけどをする

時候	スーホウ	時(とき)
月	ユエ	月(つき)
一月	イーユエ	1月(いちがつ)
二月	オーユエ	2月(にがつ)
三月	サンユエ	3月(さんがつ)
四月	スーユエ	4月(しがつ)
五月	ウーユエ	5月(ごがつ)
六月	リョウユエ	6月(ろくがつ)
七月	チーユエ	7月(ひちがつ)
八月	バーユエ	8月(はちがつ)
九月	ヂョウユエ	9月(くがつ)
十月	スーユエ	10月(じゅうがつ)
十一月	スーイーユエ	11月(じゅういちがつ)
十二月	スーオーユエ	12月(じゅうにがつ)
日	ズー	日にち(ひにち)
一號	イーハウ	1日(ついたち)
二號	オーハウ	2日(ふつか)
三號	サンハウ	3日(みっか)
四號	スーハウ	4日(よっか)
五號	ウーハウ	5日(いつか)
六號	リョウハウ	6日(むいか)
七號	チーハウ	7日(なのか)
八號	バーハウ	8日(ようか)
九號	ヂョウハウ	9日(ここのか)
十號	スーハウ	10日(とうか)
十一號	スーイーハウ	11日(じゅういちにち)
十二號	スーオーハウ	12日(じゅうににち)
十三號	スーサンハウ	13日(じゅうさんにち)
十四號	スースーハウ	14日(じゅうよっか)
十五號	スーウーハウ	15日(じゅうごにち)
十六號	スーリョウハウ	16日(じゅうろくにち)
十七號	スーチーハウ	17日(じゅうしちにち)
十八號	スーバーハウ	18日(じゅうはちにち)
十九號	スーヂョウハウ	19日(じゅうくにち)
二十號	オースーハウ	20日(はつか)
二十一號	オースーイーハウ	21日(にじゅういちにち)
二十二號	オースーオーハウ	22日(にじゅうににち)
二十三號	オースーサンハウ	23日(にじゅうさんにち)
二十四號	オースースーハウ	24日(にじゅうよっか)
二十五號	オースーウーハウ	25日(にじゅうごにち)
二十六號	オースーリョウハウ	26日(にじゅうろくにち)

二十七號	オースーチーハウ	２７日(にじゅうしちにち)
二十八號	オースーパーハウ	２８日(にじゅうはちにち)
二十九號	オースーヂョウハウ	２９日(にじゅうくにち)
三十號	サンスーハウ	３０日(さんじゅうにち)
三十一號	サンスーイーハウ	３１日(さんじゅういちにち)
星期	シンチー	曜日(ようび)
星期日	シンチーズー	日曜日(にちようび)
星期一	シンチーイー	月曜日(げつようび)
星期二	シンチーオー	火曜日(かようび)
星期三	シンチーサン	水曜日(すいようび)
星期四	シンチースー	木曜日(もくようび)
星期五	シンチーウー	金曜日(きんようび)
星期六	シンチーリョウ	土曜日(どようび)

時間　スーヂエン　時間(じかん)

上午	サンウー	午前(ごぜん)
下午	シアウー	午後(ごご)
早上	ヅァウサン	朝(あさ)
中午	ヅゥンウー	昼(ひる)
今天早上	ヂンティエン　ヅァウサン	今朝(けさ)
今天晚上	ヂンティエン　ワンサン	今夜(こんや)
今天	ヂンティエン	今日(きょう)
明天	ミンティエン	明日(あした)
後天	ホウティエン	明後日(あさって)
昨天	ヅオティエン	昨日(きのう)
去年	チュイニエン	去年(きょねん)
這個星期	ヅェイゴ　シンチー	今週(こんしゅう)
上星期	サン　シンチー	先週(せんしゅう)
下星期	シア　シンチー	来週(らいしゅう)
這個月	ヅェイゴ　ゆえ	今月(こんげつ)
上個月	サンゴ　ユエ	先月(せんげつ)
下個月	シアゴ　ユエ	来月(らいげつ)
今年	ヂンニエン	今年(ことし)
毎天早上	メイティエン　ヅァウサン	毎朝(まいあさ)
毎天晚上	メイティエン　ワンサン	毎晩(まいばん)
毎天	メイティエン	毎日(まいにち)
毎星期	メイ　シンチー	毎週(まいしゅう)
毎個月	メイゴ　ユエ	毎月(まいつき)
一個星期	イーゴ　シンチー	１週間(いっしゅうかん)
一個月	イーゴ　ユエ	１ヵ月間(いっかげつかん)
秒	ミャウ	秒(びょう)
分	フェン	分(ふん)
點	ティエン	時(じ)

數目字	スームーツー	数字(すうじ)
一	イー	1(いち)
二	オー	2(に)
三	サン	3(さん)
四	スー	4(よん)
五	ウー	5(ご)
六	リョウ	6(ろく)
七	チー	7(しち)
八	バー	8(はち)
九	ヂョウ	9(く)
十	スー	10(じゅう)
十一	スーイー	11(じゅういち)
十二	スーオー	12(じゅうに)
十三	スーサン	13(じゅうさん)
十四	スースー	14(じゅうし)
十五	スーウー	15(じゅうご)
十六	スーリョウ	16(じゅうろく)
十七	スーチー	17(じゅうしち)
十八	スーバー	18(じゅうはち)
十九	スーヂョウ	19(じゅうく)
二十	オースー	20(にじゅう)
二十一	オースーイー	21(にじゅういち)
三十	サンスー	30(さんじゅう)
四十	スースー	40(よんじゅう)
五十	ウースー	50(ごじゅう)
六十	リョウスー	60(ろくじゅう)
七十	チースー	70(ななじゅう)
八十	バースー	80(はちじゅう)
九十	ヂョウスー	90(きゅうじゅう)
一百	イーバイ	100(ひゃく)
一百零一	イーバイ　リン　イー	101(ひゃくいち)
一千	イーチエン	1.000(せん)
一萬	イーワン	10.000(いちまん)
十萬	スーワン	100.000(じゅうまん)

日中生活用語集

あいさつ 打招呼 ダー ヅァウフー
アイシャドー 眼影 イエンイン
青(あお) 藍色 ランソー
赤(あか) 紅色 フンソー
秋(あき) 秋天 チョウティエン
空巣(あきす) 闇空房 ナウ クンファン
アクセサリー 裝飾品 ヅォアンスービン
麻(あさ) 麻布 マーブー
味(あじ) 味道 ウェイダウ
足首(あしくび) 腳脖子 ヂャウボーヅ
小豆(あずき) 紅豆 フンドウ
預け入れ(あずけいれ) 存款 ツゥエンコアン
アスピリン 阿司匹靈 アースーピーリン
汗をかく(あせをかく) 出汗 ノーハン
暖かい(あたたかい) 暖和 ノアンフオ
頭(あたま) 頭 トウ
暑い(あつい) 熱 ゾー
あなた 你 ニー
あなたたち 你們 ニーメン
アパート 公寓 グンユイ
甘い(あまい) 甜 ティエン
雨(あめ) 雨 ユイ
ありがとう 謝謝 シエシエ
アレルギー 過敏症 グオミンヅェン
安静(あんせい) 靜養 ヂンヤン
案内(あんない) 引導 インダウ
胃(い) 胃 ウェイ
胃炎(いえん) 胃炎 ウェイイエン
胃潰瘍(いかいよう) 胃潰瘍 ウェイコェイヤン
医者(いしゃ) 醫生 イーセン
椅子(いす) 椅子 イーヅ
痛み止め(いたみどめ) 止痛藥 ヅートゥンヤウ
位置(いち) 位置 ウェイヅー
いちご 草莓 ツァウメイ
胃腸薬(いちょうやく) 胃腸藥 ウェイツァンヤウ
従兄(いとこ) 堂表兄弟
　　　　タン ビャウ シュンディー
イヤリング 耳環 オーホアン
入口(いりぐち) 入口 ズーコウ
衣類(いるい) 衣服 イーフゥー
色(いろ) 顏色 イエンソー
印鑑(いんかん) 圖章 トゥーヅァン
インフルエンザ 流行性感冒
　　　リョウシンシン ガンマウ
ウイスキー 威士忌酒 ウェイスーヂーヂョウ
上(うえ) 上面 サンミエン

ウエイター 服務生 フゥーウーセン
ウエイトレス 服務小姐 フゥーウーシャウヂエ
受付(うけつけ) 詢問處 シュンウェンツ
　　　　　　掛號處 ゴアハウツー
受取人(うけとりにん) 收件人 ソウヂエンゼン
後ろ(うしろ) 後面 ホウミエン
腕時計(うでどけい) 手表 ソウビャウ
うどん 麵條 ミエンティアウ
　　　　烏龍麵 ウールンミエン
生まれる(うまれる) 出生 ツーセン
うみ 膿 ヌン
うむ 化膿 ホアヌン
産む(うむ) 生小孩 セン シャウハイ
映画(えいが) 電影 ティエンイン
映画館(えいがかん) 戲院 シーユエン
永久歯(えいきゅうし) 永久齒 ユンヂョウツー
駅(えき) 車站 ツォーヅァン
エビ 蝦子 シアヅ
遠足(えんそく) 遠足 ユエンツー
おいしい 好吃 ハウツー
応急処置(おうきゅうしょち) 應急措施
　　　　インヂー　ツオス
応接室(おうせつしつ) 會客室 ホイコースー
横断歩道(おうだんほどう) 人行道 ゼンシンダウ
往復切符(おうふくきっぷ) 來回票
　　　ライホエイビャウ
オーデコロン 古龍水 グールンソェイ
オーブン 烤爐 カウルー
おかえりなさい 你回來了 ニー ホエイライ ラ
奥歯(おくば) 臼齒 ヂョウツー
おたふく風邪(おたふくかぜ) 流行性腮腺炎
　　　リョウシンシン サイシエンイエン
お茶(おちゃ) 茶 ツァー
夫(おっと) 丈夫 ヅァンフゥー
お手洗い(おてあらい) 廁所 ツォースオ
おでこ 額角 オーヴァウ
男湯(おとこゆ) 男用池 ナンユンツー
大人(おとな) 全票 チュアンビャウ
おなか 肚子 ドゥーヅ
おはよう;おはようございます 你早 ニー ヅァウ
おぼれる 溺水 ニーソェイ
親知らず(おやしらず) 智齒 ツーツー
親指(おやゆび) 拇指 ムーヅー
オレンジ 橙子 ツェンヅ
音楽(おんがく) 音樂 インユエ
女湯(おんなゆ) 女用池 ニュイユンツー

ガーゼ　紗布　サーブー
カーデガン　開襟毛衣　カイヂン　マウイー
海外便(かいがいびん)　國外郵件
　　グオワイ　ヨウヂエン
会議室(かいぎしつ)　會議室　ホエイイースー
会社(かいしゃ)　公司　グンスー
会社員(かいしゃいん)　公司職員
　　グンスー　ヅーユエン
回数券(かいすうけん)　回數券
　　ホエイスーチュエン
階段(かいだん)　樓梯　ロウティー
回覧(かいらん)　傳閲　ツォアンユエ
顔色(かおいろ)　臉色　リエンソー
顔がむくむ(かおがむくむ)　臉浮腫
　　リエン　フゥーヅン
科学(かがく)　科學　コーシュエ
鍵(かぎ)　鑰匙　ヤウスー
書留(かきとめ)　掛號　ゴアハウ
家具(かぐ)　家具　ヂアジュイ
カクテル　雞尾酒　ヂーウェイヂョウ
傘(かさ)　雨傘　ユイサン
ガス　瓦斯　ワースー
ガス台(がすだい)　瓦斯爐　ワースールー
ガス料金(がすりょうきん)　瓦斯費
　　ワースーフェイ
風(かぜ)　風　フェン
風邪(かぜ)　感冒　ガンマウ
風邪薬(かぜぐすり)　感冒藥　ガンマウヤウ
家族手当て(かぞくてあて)　家族津貼
　　ヂアヅー　ヂンティエ
肩(かた)　肩膀　ヂエンバン
肩が凝る(かたがこる)　肩酸　ヂエンソアン
片道切符(かたみちきっぷ)　單程車票
　　ダンヅェン　ツォービャウ
学校(がっこう)　學校　シュエシャウ
カニ　螃蟹　バンシエ
可燃物(かねんぶつ)　可燃物　コーザンウー
彼女(かのじょ)　她　ター
彼女等(かのじょら)　她們　ターメン
鞄(かばん)　皮包　ベイバウ
かぶせる　鑲　シアン
紙くず(かみくず)　廢紙　フェイヅー
剃刀(かみそり)　剃刀　ティダウ
雷(かみなり)　打雷　ダー　レイ
かむ　嚼　ヂャウ
かゆい　痒　ヤン
辛い(からい)　辣　ラー

からし　芥末　ヂエモー
ガラス　玻璃　ボーリー
カルシウム　鈣質　ガイヅー
彼(かれ)　他　ター
カレーライス　咖喱飯　カーリーファン
彼等(かれら)　他們　ターメン
革(かわ)　皮革　ビーゴー
看護婦(かんごふ)　護士　フースー
患者(かんじゃ)　病人　ビンゼン
関節炎(かんせつえん)　關節炎　ゴアンヂエエン
眼帯(がんたい)　遮眼罩　ヅォーイエンヅァウ
乾電池(かんでんち)　乾電池　ガンディエンツー
管理(かんり)　管理　ゴアンリー
黄色(きいろ)　黄色　ホアンソー
気温(きおん)　氣温　チーウェン
気候(きこう)　氣候　チーホウ
既婚(きこん)　已婚　イーフウエン
北(きた)　北　ベイ
喫煙車(きつえんしゃ)　吸煙車廂
　　シーエン　ツォーシアン
喫茶店(きっさてん)　咖啡店　カーフェイディエン
切手(きって)　郵票　ヨウビャウ
絹(きぬ)　綢　ツォウ
基本料金(きほんりょうきん)　基本使用費
　　ヂーベン　スーユン　フェイ
キャッシュカード　提款卡　ティーコアンカー
キャベツ　高麗菜　ガオリーツァイ
休憩室(きゅうけいしつ)　休息室　ショウシースー
急行(きゅうこう)　快車　コアイツォー
休日出勤(きゅうじつしゅっきん)　假日上班
　　ヂアヅー　サンバン
牛肉(ぎゅうにく)　牛肉　ニョウゾウ
きゅうり　黄瓜　ホアンゴア
給料(きゅうりょう)　薪水　シンソェイ
教会(きょうかい)　教會　ヂャウホエイ
教科書(きょうかしょ)　教科書　ヂャウコースー
教室(きょうしつ)　教室　ヂャウスー
兄弟(きょうだい)　兄弟　シュンディー
着る(きる)　穿衣服　ツォアン　イーフウ
切る(きる)　割傷　ゴーサン
気を失う(きをうしなう)　昏迷　フウエンミー
銀行(ぎんこう)　銀行　インハン
近視眼(きんし)　近視眼　ヂンスーイエン
金属(きんぞく)　金屬　ジンスー
筋肉(きんにく)　肌肉　ヂーゾウ
空席(くうせき)　空位　クンウェイ
クーラー　冷氣裝置　レンチー　ヅォアンヅー

くし 梳子 スーズ
くしゃみ 噴嚏 ペンティー
薬指(くすりゆび) 無名指 ウーミンツー
口ひげ(くちひげ) 鬍子 フーヅ
口紅(くちべに) 口紅 コウフン
靴(くつ) 皮鞋 ピーシエ
クッキー 餅乾 ビンガン
靴下(くつした) 襪子 ワーヅ
首(くび) 脖子 ポーヅ
曇り(くもり) 陰天 インティエン
グラス 玻璃杯 ポーリーペイ
グリーン車(ぐりーんしゃ) 頭等車廂
　　トウデン ツォーシアン
クリーム 雪花膏 シュホアガウ
グレー 灰色 ホエイソー
黒(くろ) 黒色 ヘイソー
毛(け) 毛料 マウリャウ
警察(けいさつ) 警察 ヂンツァー
掲示板(けいじばん) 布告欄 ブーガウラン
携帯品(けいたいひん) 携帯品 シエダイピン
ケーキ 蛋糕 ダンガウ
けが 傷 サン
ケガをする 受傷 ソウサン
消しゴム(けしごむ) 橡皮擦 シアンピーツァー
けずる 削 シャウ
ケチャップ 蕃茄醤 ファンチエヂアン
血圧(けつあつ) 血壓 シュエヤー
欠勤(けっきん) 請假 チンヂア
月経(げっけい) 月經 ユエヂン
月経不順(げっけいふじゅん) 月經不調
　　ユエヂン ブーティアウ
月謝(げっしゃ) 學費 シュエフェイ
欠席(けっせき) 請假 チンヂア
欠席届(けっせきとどけ) 請假條
　　チンヂアティアウ
解熱剤(げねつざい) 退燒藥 トウエイサウヤウ
下痢(げり) 瀉肚 シエドゥー
下痢止め(げりどめ) 止瀉藥 ヅーシエヤウ
けんかする 打架 ダージア
玄関(げんかん) 門口 メンコウ
研究室(けんきゅうしつ) 研究室
　　イエンヂョウスー
現金(げんきん) 現金 シエンヂン
健康診断(けんこうしんだん) 身體檢査
　　センティー ヂェンツァー
健康保険(けんこうほけん) 健康保険
　　ヂエンカン パウシエン

建築現場(けんちくげんば) 建築工地
　　ヂエンツー グンディー
恋人(こいひと) 情人 チンレン
コインロッカー 出租保管箱
　　ツーツー パウゴアンシアン
更衣室(こういしつ) 更衣室 ゲンイースー
公園(こうえん) 公園 グンユエン
硬貨(こうか) 硬幣 インピー
合格(ごうかく) 及格 ジーゴー
公共料金(こうきょうりょうきん) 公用事業費
　　グンユン スーイエ フェイ
口座(こうざ) 帳戸 ヅァンフー
口座自動引き落とし(こうざじどうひきおとし)
　　帳簿付款 ヅァンブー フゥーコアン
交差点(こうさてん) 十字路口 スーツールーコウ
口座番号(こうざばんごう) 銀行帳號
　　インハン ヅァンハウ
工場(こうじょう) 工場 グンヅァン
抗生物質(こうせいぶっしつ) 抗生素
　　カンセンスー
紅茶(こうちゃ) 紅茶 フンツァー
校長(こうちょう) 校長 シャウヅァン
交通機関(こうつうきかん) 交通機関
　　ヂャウトゥン ヂーゴアン
交通事故(こうつうじこ) 交通事故
　　ヂャウトゥン スーグー
交通標識(こうつうひょうしき) 交通標誌
　　ヂャウトゥン ビャウヅー
強盗(ごうとう) 搶劫 チアンジエ
交番(こうばん) 派出所 パイツースオ
公務員(こうむいん) 公務員 グンウーユエン
公立(こうりつ) 公立 グンリー
コート 大衣 ダーイー
コーヒー 咖啡 カーフェイ
小切手(こぎって) 支票 ヅーピャウ
国語(こくご) 國文 グオウェン
国内便(こくないびん) 國内郵件
　　グオネイ ヨウヂエン
黒板(こくばん) 黑板 ヘイバン
骨折(こっせつ) 骨折 グーヅォー
小人(こども) 半票 バンピャウ
御飯(ごはん) 米飯 ミーファン
小麦粉(こむぎこ) 麵粉 ミエンフェン
米(こめ) 米 ミー
ごめんなさい 對不起 ドゥエイブチー
小指(こゆび) 小指頭 シャウヅートウ
ころぶ 摔倒 ソアイダウ

紺(こん) 深藍色 センランソー
コンサート 演奏會 イェンヅォウホエイ
コンドーム 保險套 バウシエンタウ
こんにちは 你好 ニー ハウ
コンパス 圓規 ユエンゴェイ
こんばんは;おやすみなさい 晚安 ワンアン
祭日(さいじつ) 節日 ヂエズー
材質(ざいしつ) 材料的性質
　　ツァイリャウ デ シンヅー
最終(さいしゅう) 末班車 モーバンツォー
坂道(さかみち) 斜坡路 シエポールー
作業場(さぎょうば) 工作現場
　　グンヅオ シエンツァン
作業服(さぎょうふく) 工作服 グンヅオフゥー
鮭(さけ) 鮭魚 ゲイユイ
差出人(さしだしにん) 寄件人 ヂーヂエンゼン
刺身(さしみ) 生魚片 センユイピエン
殺人(さつじん) 殺人 サーゼン
砂糖(さとう) 糖 タン
寒い(さむい) 冷 レン
さようなら 再見 ヅァイヂエン
皿(さら) 盤子 バンヅ
参加(さんか) 參加 ツァンヂア
残業(ざんぎょう) 加班 ヂアバン
算数(さんすう) 算術 ソアンスー
残高(ざんだか) 余額 ユイオー
サンドイッチ 三明治 サンミンヅー
ジーパン 牛仔褲 ニョウヅァイクー
塩(しお) 鹽 イェン
時間割(じかんわり) 功課表 グンコービャウ
敷金(しききん) 押金 ヤーヂン
始業時間(しぎょうじかん) 上班時間
　　サンバン スーヂエン
事故(じこ) 車禍 ツォーフオ
時刻表(じこくひょう) 時間表 スーヂエンビャウ
地震(じしん) 地震 ディーヅェン
歯石(しせき) 牙石 ヤースー
歯槽膿漏(しそうのうろう) 牙周病
　　ヤーヅォウビン
下(した) 下面 シアミエン
下着(したぎ) 內衣 ネイイー
湿布(しっぷ) 濕敷 スーフゥー
支店(してん) 分店 フェンディエン
始発(しはつ) 頭班車 トウバンツォー
紙幣(しへい) 鈔票 ツァウビャウ
姉妹(しまい) 姐妹 ヂエメイ

事務(じむ) 辦公 バングン
事務所(じむしょ) 辦公處 バングンツー
シャープペンシル 活心鉛筆 フオシン チエンビー
社員食堂(しゃいんしょくどう) 職員餐廳
　　ヅーユエン ツァンティン
社会(しゃかい) 社會 ソーホエイ
じゃがいも 馬鈴薯 マーリンスー
ジャケット 夾克 ヂアコー
社長(しゃちょう) 總經理 ヅンヂンリー
社長室(しゃちょうしつ) 總經理室
　　ヅンヂンリースー
社宅(しゃたく) 公司宿舍 グンスー スーソー
ジャム 果醬 グオヂアン
シャンプー 洗髮精 シーファーヂン
住居(じゅうきょ) 住所 ヅースオ
終業時間(しゅうぎょうじかん) 下班時間
　　シアバン スーヂエン
住所(じゅうしょ) 住址 ヅーヅー
ジュース 果汁 グオヅー
集積所(しゅうせきじょ) 集聚地
　　ジージュイディー
住宅手当て(じゅうたくてあて) 房租津貼
　　ファンヅー ヂンティエ
祝日(しゅくじつ) 節日 ヂエズー
手術(しゅじゅつ) 開刀 カイダウ
出血(しゅっけつ) 出血 ツーシエ
出産(しゅっさん) 生孩子 セン ハイヅ
出席(しゅっせき) 出席 ツーシー
ショー 秀 ショウ
しょうが 生薑 センヂアン
小学校(しょうがっこう) 小學 シャウシュエ
錠剤(じょうざい) 藥片 ヤウピエン
上司(じょうし) 上司 サンスー
消毒(しょうどく) 消毒 シャウドゥー
消毒する(しょうどくする) 消毒 シャウドゥー
小児科(しょうにか) 小兒科 シャウオーコー
消防(しょうぼう) 消防隊 シャウファンドゥエイ
食あたり(しょくあたり) 食物中毒
　　スーウー ヅンドゥー
食後(しょくご) 飯後 ファンホウ
食前(しょくぜん) 飯前 ファンチエン
食堂(しょくどう) 食堂 スータン
職場(しょくば) 工作處 グンヅオツー
食品(しょくひん) 食品 スービン
処方箋(しょほうせん} 藥方 ヤウファン
書類(しょるい) 文件 ウェンヂエン
私立の(しりつの) 私立 スーリー

視力(しりょく)　視力　スーリー
白(しろ)　白色　バイソー
信号(しんごう)　紅綠燈　フンリュイデン
診察(しんさつ)　診察　ヅェンツァー
寝室(しんしつ)　臥房　ウォーファン
神社(じんじゃ)　神社　センソー
心臓(しんぞう)　心臟　シンヅァン
炊飯器(すいはんき)　電鍋　ディエングオ
睡眠薬(すいみんやく)　安眠藥　アンミエンヤウ
数字(すうじ)　數目字　スームーヅー
スーパー　超級市場　ツァウヂー　スーツァン
スーパーマーケット　超級市場
　　ツァウヂー　スーツァン
スーツ　西裝　シーヅォアン
スープ　湯　タン
スキンローション　化妝水　ホアヅァンソェイ
すし　壽司　ソウスー
すすぎ　洗涮　シーソア
涼しい(すずしい)　涼快　リャンコアイ
頭痛薬(ずつうやく)　頭痛藥　トウトゥンヤウ
ステーキ　牛排　ニョウパイ
ステレオ　立體音響　リーティー　インシァン
ストーブ　火爐　フォルー
ストッキング　絲襪　スーワー
ストレス　精神上的壓力
　　ヂンセンサン　デ　ヤーリー
スプーン　湯匙　タンツー
ズボン　褲子　クーヅ
スポンジ　海棉　ハイミエン
すみません　抱歉　バウチエン
背(せ)　脊背　ヂーペイ
生産(せいさん)　生產　センツァン
清掃(せいそう)　清掃　チンサウ
制服(せいふく)　制服　ヅーフウー
整理券(せいりけん)　預約券　ユイユエチュエン
生理用ナプキン(せいりようなぷきん)　衛生綿
　　ウェイセンミエン
セーター　毛衣　マウイー
咳止め(せきどめ)　止咳藥　ヅーコーヤウ
せきをする　咳嗽　コーソウ
石けん(せっけん)　肥皂　フェイヅァウ
せともの　陶瓷器　タウツーチー
セロテープ　透明膠帶　トウミン　ヂャウダイ
洗剤(せんざい)　洗衣粉　シーイーフェン
ぜんそく　喘息　ツォアンシー
洗濯機(せんたくき)　洗衣機　シーイーヂー
洗濯ばさみ(せんたくばさみ)　夾子　ヂアヅ

扇風機(せんぷうき)　電風扇　ディエンフェンサン
送金する(そうきんする)　匯款　ホエイコアン
蒼庫(そっこ)　倉庫　ツゥアンクー
早退(そうたい)　早退　ヅァウトゥエイ
草履(ぞうり)　草鞋　ツァウシエ
ソース　調味　ティアウウェイ
速達(そくたつ)　限時專送
　　シエンスー　ヅォアンスン
粗大ゴミ(そだいごみ)　大件垃圾
　　ダーヂエン　ローソー
卒業(そつぎょう)　畢業　ビーイエ
そば　喬麥麺　チャウマイミエン
祖父(そふ)　祖父　ヅーフウー
祖母(そぼ)　祖母　ヅームー
そろえる　剪平　ヂエン　ピン
体育(たいいく)　體育　ティーユイ
体育館(たいいくかん)　體育館　ティーユイーゴアン
体温計(たいおんけい)　體溫計　ティーヴェノビャウ
大根(だいこん)　蘿卜　ルオボー
大豆(だいず)　大豆　ダードウ
台所(だいどころ)　廚房　ツーファン
台風(たいふう)　颱風　タイフェン
太陽(たいよう)　太陽　タイヤン
たおれる　倒　ダウ
託児所(たくじしょ)　託兒所　トゥオオースオ
ただいま　我回來了　ウォー　ホエイライ　ラ
脱衣所(だついじょ)　更衣室　ゲンイースオ
打撲傷(だぼくしょう)　碰傷　ベンサン
卵(たまご)　蛋　ダン
玉ねぎ(たまねぎ)　洋蔥　ヤンツン
たんがでる　生痰　セン　タン
担任(たんにん)　導師　ダウスー
暖房器具(だんぼうきぐ)　暖氣　ノアンチー
遅刻(ちこく)　遲到　ツーダウ
父(ちち)　父親　フウーチン
茶色(ちゃいろ)　茶色　ツァーソー
茶碗(ちゃわん)　飯碗　ファンワン
中華料理(ちゅうかりょうり)　中國菜
　　ツングオツァイ
昼食(ちゅうしょく)　午餐　ウーツァン
虫垂(ちゅうすい)　闌尾　ランウェイ
虫垂炎(ちゅうすいえん)　盲腸炎　マンツァンイエン
腸(ちょう)　腸　ツァン
長女(ちょうじょ)　長女　ヅァンニュイ
朝食(ちょうしょく)　早餐　ヅァウツァン
超特急(ちょうとっきゅう)　超特快
　　ツァウトーコアイ

町内会(ちょうないかい)　里民會　リーミンホエイ
鎮静剤(ちんせいざい)　鎮靜藥　ヂェンヂンヤウ
通勤手当て(つうきんてあて)　通勤津貼
　　トゥンチン　ジンティエ
突き当り(つきあたり)　盡頭　ヂントウ
机(つくえ)　書桌　スーヅオ
梅雨(つゆ)　梅雨　メイユイ
吊革(つりかわ)　吊環　ディアウホアン
つわり　害喜　ハイシー
定期券(ていきけん)　月票　ユエピャウ
テーブル　桌子　ヅオヅ
出口(でぐち)　出口　ツーコウ
手首(てくび)　手脖子　ソウボーヅ
手数料(てすうりょう)　手續費　ソウシュイフェイ
テスト　測驗　ツォーイエン
テニス　網球　ワンチョウ
デパート　百貨公司　バイフオ　グンスー
寺(てら)　寺廟　スーミャウ
テレビ　電視　ディエンスー
店員(てんいん)　店員　ディエンユエン
天気(てんき)　天氣　ティエンチー
電気(でんき)　電　ディエン
天気予報(てんきよほう)　天氣預報
　　ティエンチー　ユイバウ
電気料金(でんきりょうきん)　電費　ディエンフェイ
天ぷら(てんぷら)　軟炸蝦　ゾアンヅァーシア
展覧会(てんらんかい)　展覽會　ヅァンランホエイ
電話局(でんわきょく)　電話局
　　ディエンホアヂュイ
電話をかける(でんわをかける)　打電話
　　ダー　ディエンホア
動悸(どうき)　心跳　シンティアウ
到着(とうちゃく)　抵達　ディーダー
糖尿病(とうにょうびょう)　糖尿病
　　タンニャウビン
当番(とうばん)　値班　ヅーバン
豆腐(とうふ)　豆腐　ドウフゥ
どうもありがとうございました　多謝您了
　　ドゥオシエニンラ
同僚(どうりょう)　同事　トゥンスー
遠い(とおい)　遠　ユエン
通り(とおり)　街、馬路　ヂエ、マールー
時(とき)　時候　スーホウ
独身(どくしん)　單身　ダンセン
独身寮(どくしんりょう)　獨身宿舍
　　ドゥーセン　スーソー
トマト　番茄　ファンチエ

トラベラーズチェック　旅行支票
　　リュイシン　ツーピャウ
鶏肉(とりにく)　雞肉　チーゾウ
トローチ　喉片　ホウピエン
とんかつ　炸豬排　ヅァーヅーバイ
どんぶり　大碗　ダーワン
内出血(ないしゅっけつ)　內出血　ネイツーシエ
ナイフ　刀子　ダウヅ
ナイロン　尼龍　ニールン
長靴(ながぐつ)　靴子　シュエヅ
中指(なかゆび)　中指　ヅンツー
夏(なつ)　夏天　シアティエン
なべ　鍋　グオ
生ビール(なまびーる)　生啤酒　センピーヂョウ
なまもの　生食品　センスーピン
軟膏(なんこう)　軟膏　ゾアンガウ
にがい　苦　クー
にきび　青春痘　チンツェンドウ
西(にし)　西　シー
日時(にちじ)　日期　ズーチー
日用品(にちようひん)　日用品　ズーユンピン
入院(にゅういん)　住院　ツーユエン
入園(にゅうえん)　入園　ズーユエン
入学(にゅうがく)　入學　ズーシュエ
乳歯(にゅうし)　奶牙　ナイヤー
入場料(にゅうじょうりょう)　入門費
　　ズーメンフェイ
妊娠(にんしん)　懷孕　ホアイユン
人参(にんじん)　胡蘿卜　フールオボー
にんにく　大蒜　ダーソアン
抜く(ぬく)　拔　バー
脱ぐ(ぬぐ)　脱衣服　トゥオ　イーフゥー
布(ぬの)　布料　ブーリャウ
ねぎ　蔥　ツン
ねんざ　扭傷　ニョウサン
のり　糨糊　ヂアンフー
のりづけ　漿　ヂアン
乗り物酔い(のりものよい)　暈車　ユンツォー
パーマ　燙髮　タンファー
灰皿(はいざら)　煙灰缸　イエンホエイガン
パイナップル　鳳梨　フェンリー
葉書(はがき)　明信片　ミンシンピエン
歯茎(はぐき)　牙床　ヤーツオアン
はさみ　剪刀　ヂエンダウ
はし　筷子　コアイヅ
はしか　麻疹　マーヅェン
はじめまして　初次見面　ツーツー　ヂエンミエン

場所(ばしょ) 場所 ツァンスオ
バスターミナル 公車總站 ブンツォーヅンヅァン
バスタブ 洗盆 シーペン
バス停留所(ばすていりゅうじょ) 巴士站 バースーヅァン
パスポート 護照 フーヅァウ
バター 奶油 ナイヨウ
発車(はっしゃ) 開車 カイツォー
発表会(はっぴょうかい) 發表會 ファーピャウホエイ
鼻(はな) 鼻子 ピーヅ
鼻がつまる(はながつまる) 鼻子堵塞 ピーヅ ドゥーソー
鼻血(はなぢ) 鼻血 ピーシェ
バナナ 香蕉 シアンチャウ
鼻をかむ(はなをかむ) 擤鼻涕 シン ピーティー
母(はは) 母親 ムーチン
歯ブラシ(はぶらし) 牙刷 ヤーソア
歯磨き粉(はみがきこ) 牙膏 ヤーガウ
ハム 火腿 フオトゥエイ
バリカン 理髪推剪 リファー トゥエイジエン
春(はる) 春天 ツゥエンティエン
晴れ(はれ) 晴天 チンティエン
パン 麵包 ミエンバウ
ハンカチ 手帕 ソウパー
犯罪(はんざい) 犯罪 ファンツゥエイ
バンドエイド 膠布 チャウブー
ハンバーグ 漢堡 ハンバウ
販売(はんばい) 銷售 シャウソウ
ＰＴＡ(ぴーてぃーえー) 家長會 ヂアヅァンホエイ
ビール 啤酒 ピーヂョウ
東(ひがし) 東 ドゥン
日替定食(ひがわりていしょく) 毎日特餐 メイズー トーツァン
引出し(ひきだし) 提款 ティーコアン
ひき逃げ(ひきにげ) 軋人后逃跑 ヤー ゼン ホウ タウパウ
ヒゲソリ 刮鬍刀 ゴアフーダウ
膝(ひざ) 膝蓋 チーガイ
ピザ 意大利餡餅 イーダーリーシエンビン
肘(ひじ) 肘 ヅォウ
美術(びじゅつ) 美術 メイスー
ビタミン 維他命 ウェイターミン
ひっかき傷(ひっかききず) 蹭傷 ツェンサン
ビデオ 錄影機 ルーインヂー
人(ひと) 人 ゼン

人差し指(ひとさしゆび) 食指 スーツー
1粒(ひとつぶ) 一粒 イーリー
避妊薬(ひにんやく) 避孕藥 ピーユンヤウ
費用(ひよう) 費用 フェイユン
病院(びょういん) 醫院 イーユエン
昼休み(ひるやすみ) 午休 ウーショウ
ビン 瓶子 ピンヅ
ピンク 粉紅色 フェンフンソー
便箋(びんせん) 信紙 シンヅー
副作用(ふくさよう) 副作用 フーヅォユン
服用する(ふくようする) 服用 フーユン
ふくらはぎ 腿肚子 トゥエイドゥーヅ
ブザー 電鈴 ディエンリン
豚肉(ぶたにく) 豬肉 ヅーゾウ
ぶどう 葡萄 プータウ
太る(ふとる) 發胖 ファーパン
ふとん 棉被 ミエンベイ
不燃物(ふねんぶつ) 不易燃物 ブーイーザンウー
踏切(ふみきり) 平交道 ピンヂャウダウ
冬(ふゆ) 冬天 ドゥンティエン
フライパン 平底鍋 ピンディーグオ
ブラウス 女襯衫 ニューイツェンサン
ブラジャー 奶罩 ナイヅァウ
プラスチック 塑膠 スーチャウ
ブラッシング 梳頭 スートウ
振込(ふりこみ) 撥入 ボーズー
ふるえる 顫抖 ツァンドウ
ペン 筆 ピー
文房具(ぶんぼうぐ) 文具 ウェンジュイ
ヘアースプレー 髪用膠水 ファユン チャウソェイ
ベーキングパウダー 發酵粉 ファーシャウフェン
ベーコン 臘肉 ラーゾウ
ベージュ 乳白色 ズーバイソー
ベスト 背心 ベイシン
ベッド 床 ツォアン
部屋(へや) 房間 ファンヂエン
ベルト 皮帶 ピーダイ
包帯(ほうたい) 繃帶 ベンダイ
包丁(ほうちょう) 菜刀 ツァイダウ
ホーム 月台 ユエタイ
ボールペン 原子筆 ユエンヅーピー
ポスター 海報
ポスト 信筒 シントゥン
発作(ほっさ) 發作 ファーツオ
ホッチキス 釘書機 ディンスージー
前(まえ) 前面 チエンミエン

前歯(まえば)　門牙　メンヤー
マグロ　鮪魚　ウェイユイ
孫(まご)　孫子　スウエンヅ
鱒(ます)　鱒魚　ヅゥエンユイ
麻酔(ますい)　麻酔　マーヅウエイ
まずい　難吃　ナンツー
待合室(まちあいしつ)　候診室　ホウヅエンスー
マニキュア　指甲油　ヅーヂアヨウ
マヨネーズ　沙拉醬　サーラーヂアン
みかん　橘子　ヂュイヅ
短くカットする(みじかくかっとする)　剪短
　　ヂエン　ドアン
水(みず)　冰水　ピンソェイ
水色(みずいろ)　淡藍色　ダンランソー
水ぶくれ(みずぶくれ)　起疱　チーパウ
店(みせ)　店舖　ディエンブー
みそ汁(みそしる)　味噌湯　ミーソータン
緑(みどり)　緑色　リュイソー
南(みなみ)　南　ナン
身分証明書(みぶんしょうめいしょ)　身份證
　　センフェンヅェン
耳(みみ)　耳朵　オードゥオ
耳鳴り(みみなり)　耳鳴　オーミン
ミルク　鮮奶　シエンナイ
息子(むすこ)　兒子　オーズ
娘(むすめ)　女兒　ニュイオー
胸(むね)　胸脯　シュンブー
胸やけ(むねやけ)　胃灼熱　ウェイヅオゾー
紫(むらさき)　紫色　ヅーソー
目(め)　眼睛　イエンヂン
目薬(めぐすり)　眼藥　イエンヤウ
メニュー　菜單　ツァイダン
目まいがする(めまいがする)　發暈　ファーユン
メモ用紙(めもようし)　便條　ビエンティアウ
免許(めんきょ)　執照　ヅーヅァウ
ものさし　尺　ツー
木綿(もめん)　棉布　ミエンブー
焼魚(やきざかな)　烤魚　カウユイ
焼き鳥(やきとり)　烤雞　カウヂー
夜勤手当て(やきんてあて)　夜班津貼
　　イエバン　ジンティエ
やけど　火傷　フオサン
やけどをする　燒傷　サオサン
夜行列車(やこうれっしゃ)　夜車　イエツォー
夜食(やしょく)　宵夜　シャウイエ
やせる　痩　ソウ
薬局(やっきょく)　藥局　ヤウヂュイ

湯(ゆ)　開水　カイソェイ
遊園地(ゆうえんち)　遊樂園　ヨウローユエン
夕食(ゆうしょく)　晚餐　ワンツァン
友人(ゆうじん)　朋友　ペンヨウ
郵便局(ゆうびんきょく)　郵局　ヨウヂュイ
郵便番号(ゆうびんばんごう)　郵遞區號
　　ヨウディー　チュイハウ
郵便料金(ゆうびんりょうきん)　郵費　ヨウフェイ
雪(ゆき)　雪　シュエ
指輪(ゆびわ)　戒指　ヂェヅー
幼稚園(ようちえん)　幼稚園　ヨウヅーユエン
ようこそ　歡迎你來　ホアンイン　ニー　ライ
用法(ようほう)　使用法　スーユンファー
預金通帳(よきんつうちょう)　帳簿　ヅァンブー
浴室(よくしつ)　洗澡間　シーヅァウヂエン
横(よこ)　旁邊　バンビエン
落第(らくだい)　不及格　ブー　ジーゴー
流産(りゅうざん)　流産　リョウツァン
両親(りょうしん)　雙親　ソアンチン
りんご　蘋果　ピングオ
リンス　潤絲精　ズゥエンスーヂン
礼金(れいきん)　醻謝金　ツォウシエヂン
冷蔵庫(れいぞうこ)　冰箱　ビンシアン
冷房(れいぼう)　冷氣　レンチー
歴史(れきし)　歴史　リースー
レストラン　餐廳　ツァンティン
レモン　檸檬　ニンメン
レンジ　電子爐　ディエンツールー
労働時間(ろうどうじかん)　勞動時間
　　ラウドゥン　スーヂエン
ロッカー　櫥櫃　ツーゴェイ
路面電車(ろめんでんしゃ)　路上電車
　　ルーシャン　ディエンツォー
ワイシャツ　襯衫　ツェンサン
脇(わき)　腋下　イエシア
私(わたし)　我　ウォー
割り箸(わりばし)　衛生筷　ウェイセンコアイ
ワンピース　連衣裙　リェンイーチュン

時(とき) 時候 スーホウ

月(つき) 月 ユエ
1月(いちがつ) 一月 イーユエ
2月(にがつ) 二月 オーユエ
3月(さんがつ) 三月 サンユエ
4月(しがつ) 四月 スーユエ
5月(ごがつ) 五月 ウーユエ
6月(ろくがつ) 六月 リョウユエ
7月(ひちがつ) 七月 チーユエ
8月(はちがつ) 八月 バーユエ
9月(くがつ) 九月 ヂョウユエ
10月(じゅうがつ) 十月 スーユエ
11月(じゅういちがつ) 十一月 スーイーユエ
12月(じゅうにがつ) 十二月 スーオーユエ

日にち(ひにち) 日 ズー
1日(ついたち) 一號 イーハウ
2日(ふつか) 二號 オーハウ
3日(みっか) 三號 サンハウ
4日(よっか) 四號 スーハウ
5日(いつか) 五號 ウーハウ
6日(むいか) 六號 リョウハウ
7日(なのか) 七號 チーハウ
8日(ようか) 八號 バーハウ
9日(ここのか) 九號 ヂョウハウ
10日(とうか) 十號 スーハウ
11日(じゅういちにち) 十一號 スーイーハウ
12日(じゅうににち) 十二號 スーオーハウ
13日(じゅうさんにち) 十三號 スーサンハウ
14日(じゅうよっか) 十四號 スースーハウ
15日(じゅうごにち) 十五號 スーウーハウ
16日(じゅうろくにち) 十六號 スーリョウハウ
17日(じゅうしちにち) 十七號 スーチーハウ
18日(じゅうはちにち) 十八號 スーバーハウ
19日(じゅうくにち) 十九號 スーヂョウハウ
20日(はつか) 二十號 オースーハウ
21日(にじゅういちにち) 二十一號
　　オースーイーハウ
22日(にじゅうににち) 二十二號
　　オースーオーハウ
23日(にじゅうさんにち) 二十三號
　　オースーサンハウ
24日(にじゅうよっか) 二十四號
　　オースースーハウ

25日(にじゅうごにち) 二十五號
　　オースーウーハウ
26日(にじゅうろくにち) 二十六號
　　オースーリョウハウ
27日(にじゅうしちにち) 二十七號
　　オースーチーハウ
28日(にじゅうはちにち) 二十八號
　　オースーバーハウ
29日(にじゅうくにち) 二十九號
　　オースーヂョウハウ
30日(さんじゅうにち) 三十號 サンスーハウ
31日(さんじゅういちにち) 三十一號
　　サンスーイーハウ

曜日(ようび) 星期 シンチー
日曜日(にちようび) 星期日 シンチーズー
月曜日(げつようび) 星期一 シンチーイー
火曜日(かようび) 星期二 シンチーオー
水曜日(すいようび) 星期三 シンチーサン
木曜日(もくようび) 星期四 シンチースー
金曜日(きんようび) 星期五 シンチーウー
土曜日(どようび) 星期六 シンチーリョウ

時間(じかん) 時間 スーヂエン
午前(ごぜん) 上午 サンウー
午後(ごご) 下午 シアウー
朝(あさ) 早上 ツァウサン
昼(ひる) 中午 ヅンウー
今朝(けさ) 今天早上 ヂンティエン ツァウサン
今夜(こんや) 今天晩上 ヂンティエン ワンサン
今日(きょう) 今天 ヂンティエン
明日(あした) 明天 ミンティエン
明後日(あさって) 後天 ホウティエン
昨日(きのう) 昨天 ヅオティエン
去年(きょねん) 去年 チュイニエン
今週(こんしゅう) 這個星期 ヅェイゴ シンチー
先週(せんしゅう) 上星期 サン シンチー
来週(らいしゅう) 下星期 シア シンチー
今月(こんげつ) 這個月 ヅェイゴ ユエ
先月(せんげつ) 上個月 サンゴ ユエ
来月(らいげつ) 下個月 シアゴ ユエ
今年(ことし) 今年 ヂンニエン
毎朝(まいあさ) 毎天早上 メイティエン ツァウサ
　ン
毎晩(まいばん) 毎天晩上 メイティエン ワンサン
毎日(まいにち) 毎天 メイティエン
毎週(まいしゅう) 毎星期 メイ シンチー

毎月(まいつき) 毎個月 メイゴ ユエ
1週間(いっしゅうかん) 一個星期
　　イーゴ シンチー
1ヵ月間(いっかげつかん) 一個月 イーゴ ユエ
秒(びょう) 秒 ミャウ
分(ふん) 分 フェン
時(じ) 點 ディエン

数字(すうじ) 數目字 スームーヅー

1(いち) 一 イー
2(に) 二 オー
3(さん) 三 サン
4(よん) 四 スー
5(ご) 五 ウー
6(ろく) 六 リョウ
7(しち) 七 チー
8(はち) 八 バー
9(く) 九 ヂョウ
10(じゅう) 十 スー
11(じゅういち) 十一 スーイー
12(じゅうに) 十二 スーオー
13(じゅうさん) 十三 スーサン
14(じゅうし) 十四 スースー
15(じゅうご) 十五 スーウー
16(じゅうろく) 十六 スーリョウ
17(じゅうしち) 十七 スーチー
18(じゅうはち) 十八 スーバー
19(じゅうく) 十九 スーヂョウ
20(にじゅう) 二十 オースー
21(にじゅういち) 二十一 オースーイー
30(さんじゅう) 三十 サンスー
40(よんじゅう) 四十 スースー
50(ごじゅう) 五十 ウースー
60(ろくじゅう) 六十 リョウスー
70(ななじゅう) 七十 チースー
80(はちじゅう) 八十 バースー
90(きゅうじゅう) 九十 ヂョウスー
100(ひゃく) 一百 イーバイ
101(ひゃくいち) 一百零一
　　イーバイ リン イー
1.000(せん) 一千 イーチエン
10.000(いちまん) 一萬 イーワン
100.000(じゅうまん) 十萬 スーワン

（鴻）　　定價：200元

發　行　所：鴻儒堂出版社
著　　　者：西　村　政　人
　　　　　　山　内　啓　介
　　　　　　李　　麗　　秋
發　行　人：黃　成　業
地　　　址：台北市中正區100開封街一段19號
電　　　話：三一二〇五六九、三七一二七七四
郵 政 劃 撥：〇一五五三〇〇～一號
電話傳眞機：〇二～三六一二三三四
印　刷　者：楨文彩色平版印刷公司
電　　　話：三　〇　五　四　一　〇　四
法律顧問：蕭　雄　淋　律　師
行政院新聞局登記證局版台業字第壹貳玖貳號
中 華 民 國 八 十 三 年 五 月 初 版